한국 전래동화에 대한

해석학적 이해

한국 전래동화에 대한 해석학적 이해

한 선 아

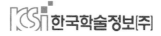 한국학술정보㈜

책 머리에

본 연구는 한국 전래동화의 의미를 보다 깊이 이해하고자 하는 목적에서 수행되었다. 이를 위하여 해석학적 이해의 통찰을 바탕으로, 한국 전래동화 102편을 대상으로 연구자가 본래 한국 전래동화에 대해 가지고 있던 선이해를 바탕으로 설명적 차원과 이해의 차원을 계속적으로 순환하며 점차 연구자의 이해의 지평을 넓히는 변증법적 순환과정을 밟아나갔다.

이러한 과정을 거친 본 연구의 연구결과를 연구문제에 따라 살펴보면 다음과 같다.

연구문제 1. 한국 전래동화의 의미 구조는 어떻게 이루어져 있는가?

본 연구의 연구대상 동화 102편을 표면적 의미구조 중심으로 주제 분류한 결과 기지·유머형에 해당하는 '지혜, 기지, 단순한 재미, 행운'을 포함해 모두 5가지의 유형과 13가지의 주제로 나누어졌다.

연구문제 2. 한국 전래동화의 의미는 어떠한 이해의 지평 속에서 구성되는가?

이는 앞에서 제시한 표면적 중심 주제를 바탕으로 연구자의 이해를 넓혀 가는 과정으로, 다음의 네 가지로 요약될 수 있다.

첫째, 한국 전래동화가 지니는 언어와 역사성은 구전되어 온 한국 전래동화의 전통을 글로 남김으로써 텍스트의 확실성을 부여하며, 언어를 매개로 우리가 과거의 것을 마주치게 하는 역할로써 작용한다. 특히 전래동화의 간결한 언어와 축약된 묘사는 현대의 우리에게 전래동화라는 먼 과거로부터 전승되어 온 낯선 것을 현재화하게 하는 가치를 지니게 된다.

둘째, 한국 전래동화는 언제나, 누구에게나 있을 법한 삶의 단편들을 드러냄으로써 가장 일상적인 생활세계를 파악할 수 있게 한다. 이는 한국 전래동화가 지니는 생활세계적 일상성으로서, 전래동화에 담긴 내용들을 통해 당시 서민들의 일상적인 삶을 현재의 우리 것으로 내면화하게 하는 가치를 지닌다.

셋째, 한국 전래동화는 전통사회의 다양한 사상과 문화, 해학과 즐거움이 복합적으로 조합되어 상호교차하면서 이루어지는 인용의 모자이크이다. 이러한 상호 교차되는 텍스트로서의 한국 전래동화는 우리에게 다양한 의미의 즐거움과 재미를 주는 구실을 한다.

넷째, 한국 전래동화는 표면적인 내용으로 볼 때, 현대의 우리 삶과 갈등을 유발하는 측면을 종종 드러낸다. 그러나 우리는 표면적으로 드러나는 액면 그대로의 말에 집중하거나 집착하기보다는 이에 담긴 은유적 의미를 읽어 넘음으로써 이러한 갈등을 넘어서는 지평의 융합에 이르게 된다.

연구문제 3. 한국 전래동화의 현대 유아교육적 함의는 무엇인가?

첫째, 생활세계적 환원성으로서의 한국 전래동화이다. 현대의 유아들은 전래동화를 통해 전통사회 서민들의 일상적 삶과 다양한 희노애락의 양상을 경험하게 되며, 궁극적으로는 삶이란 무엇인가에 관한 유아 나름대로의 세계관을 구성하게 된다.

둘째, 행간의 의미를 지향하는 한국 전래동화이다. 한국 전래동화가 지니는 다양한 삶의 행간은 의도적인 교육과정으로 계획되거나 실천될 수 있는 것이 아니며, 이러한 내용이 담긴 전래동화를 통해 자연스럽게 습득될 수 있다. 이러한 과정을 통해 유아들의 삶과 사고의 지평 확장이 가능해진다.

셋째, 놀이공동체적 실천의 장(場)으로서의 한국 전래동화이다. 한국 전래동화는 성인과 유아들이 함께 즐기는 공동의 놀이이자 공동의 담론으로, 상호이해적 교감의 가치를 지니게 된다.

넷째, 대화 실천의 장(場)으로서의 한국 전래동화이다. 성인과 유아는 전래동화를 매개로 서로 다른 목소리를 공유함으로써 삶의 의미가 더욱 깊고 풍부해지며, 타인의 목소리를 조화롭게 다양화시킬수록 유아의 이해는 깊어지고 삶이 풍요로와진다.

다섯째, 한국 전래동화에 내재된 전통의 개방성과 전래동화의 열린 결말은 미래적 희망으로서의 대화성을 의미한다. 유아는 한국 전래동화에 담긴 여백을 활용하여 유아 자신의 삶 속에서 전래동화의 의미를 재창조하도록 해야 한다. 이는 전통이 현재화하는 지평융합을 이끌어내는 역할을 하게 된다.

〈목 차〉

〈표 차례〉

I. 서 론

1. 연구의 개인적 동기

연구자는 우리나라 전래동화가 지니는 의미들을 충실히 드러내고자 본 연구를 수행하였다. 이를 위해서는 기존의 구조적이고 형식적인 틀로 전래동화를 보는 관점에서 탈피하여 보다 더 깊은 이해를 위한 해석학적 접근이 필요하였다.

해석학적 연구는 개인적인 경험에서 연구의 동기와 이해, 선이해(先見, prejudice)의 윤곽이 형성되는 것으로서, 본 연구의 동기 또한 연구자의 개인적 경험에서 출발하였다.

연구자는 현재 우리나라 유아들과 마찬가지로 우리나라의 여러 전래동화를 들으며 성장하였다. 어린 시절, 할머니와 부모님이 무릎에 앉혀 놓고 들려주시던 전래동화의 내용이 아직도 생생하며, 뿐만 아니라 그 이야기를 들을 당시의 분위기와 상황, 심지어는 당시의 냄새까지도 기억하고 있을 정도이다. 추운 겨울날, 할머니의 이야기를 들으며 문 밖으로 지나가는 겨울 바람의 소리, 그리고 그 시골 외갓집의 정겨운 느낌, 엄마의 따스한 젖가슴과 너무나 포근한 목소리, 조금은 투박하지만 정감 있고 따스하게 들려주시던 아버지의 음성 등은 지금까지도 연구자의 정서를 지배하고 있는 부분들이다.

늘 듣는 같은 내용의 동화도 당시의 상황과 시간에 따라 조금씩 달라지고, 결론을 이미 알고 있으면서도 또 다시 마음 졸이고 흥미진진하게 이야기를 들으며 졸린 눈을 억지로 부비고 계속 이야기해 달라며 보채던 나의 기억들이 아직도 선명하다. 호랑이가 등장하는 동화를 들을 때는 무서움에 몸을 떨기도 하고, 착한 사람이 복을 받고 악한 사람이 벌을 받을 때는 마치 나의 일처럼 통쾌해하기도 했다.

지금도 나의 생활에서 문득문득 느껴지는 어린 시절의 전래 동화들은 나의 작은 일상에서 일종의 해결사 역할을 하기도 한다. 효에 관한 이야기, 신의에 관한 이야기, 그리고 욕심을 버리는 삶에 관한 이야기들은 연구자의 갈등 상황을 해결해 나가는 데 무의식적인 참조점으로 작용하기도 한다.

우리나라 전래동화는 지금도 유아교육 현장에서 유아들을 위한 지도 자료로 많이 활용되고 있다. 연구자가 현장에서 교사로서 유아들과 생활할 때의 일이다. <효성스러운 호랑이>라는 동화를 들려줄 때 유아들의 반응은 연구자가 의도했던 '효(孝)'에 대한 느낌이나 감흥보다는 자신의 목숨을 구하기 위해 결국은 착한 호랑이를 죽게 한 나무꾼의 잘못과 호랑이에 대한 동정을 보이는 것이었다. 또한 벼슬을 하기 위해 거리에서 뒹군 착한 농부의 이야기는 착하고 순박한 사람에 대한 동정이나 감흥보다는 어리석고 이해할 수 없는 내용으로 받아들여지기도 하였다. 이렇듯, 표면적으로 우리가 알고 있는 전래 동화의 주제는 막상 현대의 유아들이 받아들이는 것과는 조금 다른 그 무엇이 있다는 점을 연구자는 경험하였다.

이러한 것들을 겪어 가면서 연구자는 한국 사람이라면 누구나 어린 시절부터 많이 접해 보았을 한국 전래동화의 내용들이 분명 우리가 생각해 왔던 것들보다 더 풍부하고 깊은 의미 측면을 지니고 있지 않을까 하는 의문이 들었다. 또한 한국 전래동화의 어떠한 측면이, 그리고 왜 이렇게 오랫동안 한국인의 정서를 지배하는 요인이 되었는지, 그리고 그것들을 우리가 어떻게 읽어내고 이해하는 것이 전래동화의 진정한 의미를 이끌어 낼 수 있는 것인지를 고민하게 된 것이다.

우리나라 뿐 아니라 많은 민족들이 자기들만의 전래동화를 가지고 있다. 그리고 그것들에는 상당한 공통점이 발견되기도 한다. 그러나 우리나라 전래동화는 그 자체만의 고유한 특성과, 한국인들의 마음 속을 파고 들어가 잔잔히 고여 있을 수 있게 하는 어떤 특성을 가지고 있음이 분명하다는 생각이 들었다. 그 안에는 우리나라 선조들의 생활이 고스란히 묻어 있으며, 유아들은 이를 통해 우리나라의 옛 모습을 발견하고 느끼며, 한국인으로서의 정체성을 확립해 나가게 될 것이다.

이에 연구자는 우리나라 전래동화의 의미에 대한 이해의 지평을 넓혀 나가고자 하는 목적에서 본 연구를 수행하였다.

2. 연구의 이론적 필요성 및 목적

전래동화는 옛날 이야기, 민담, 우화, 전설과 같은 설화의 형태 속에서 그 상징적, 심리적 의미를 포착하여 동심의 수준에 맞게 개작(改作)·재화(再話)한 유아문학 작품으로, 유아들에게 보편적 삶의 가치와 의미를 심어주는 데 결정적인 역할을 해왔다(김경중, 1997). 전래동화 속에는 민간신앙, 충·효·우애·신의 등의 윤리, 민족의식, 민중들의 생활의 멋과 지혜, 꿈과 소망, 웃음과 재치, 해학과 풍자 등이 문학적으로 형상화되어 있다(최운식·김기창, 1998).

전래동화에는 그 나라의 문화와 전통이 살아 숨쉰다. 전래동화의 첫 장을 넘기기도 전에 그것이 같은 모티프를 가졌다 할지라도 어느 나라 이야기이고 어떤 곳에 사는 사람들의 이야기인지 단숨에 구별할 수 있는 이유는, 각 민족이 처한 시간과 공간에 따라 그 형세가 대변되고 고유한 문화로부터 도출된 가치관 및 주제가 다르기 때문이다(Sadker & Sadker, 1977). 또한 모든 예술이 그러하듯 문학은 당시의 시대상을 반영한 언어적인 산물이다. 타 예술 장르에 비해 문학은 당시의 시대와 비교적 밀접하게 생사고락을 함께 해왔고, 따라서 당시의 시대상을 적나라하게 반영하고 있다.

> …소설은 우리의 불가피한 시대적·사회적 조건의 의미와 가
> 치를 다른 예술들보다 더 직접적으로 밝혀주며…(Zeraffa,
> 1986, p. 26)

이렇듯 전래동화 안에는 그 민족이 가지는 독특한 가치관과 정서가 담겨 있는 까닭에, 어린이들이 전래동화를 자연스럽게 접하는 과정에서 그 안에 담겨있는 조상들의 생활세계와 민족적 감정을 북돋을 수 있으며, 이를 통해 전통사상과 문화가 후대에 자연스럽게 전승되는 역할을 하게 된다.

이러한 의미에서 볼 때 창작동화와 번역동화를 비롯해 무분별하게 제공되고 있는 어린이 동화 속에서 전래동화는 한 나라의 문화와 의식, 역사 뿐 아니라 전통사상과 주체의식을 반영하고 있다. 인류학자들은 전래동화를 사회의 결속체로 보고 있으며, 이야기가 만들어진 사회의 구성원들이 같은 가치관과 목표로 결속함으로써 그 사회를 지탱하고 발전시켜 나간다고 보았다(Arbuthonot &

Sutherland, 1972). 정대련(1990)은 민족적 집단의 공동심의에 의해 이루어진 전래동화는 한 민족이 고대사회로부터 추구해 온 규범가치를 내포하고 있으며, 나아가 그러한 전통적 규범가치 중에는 도덕원리, 즉 보다 궁극적인 가치를 기준으로 하여 정당화될 수 있는 것들이 있다고 보았다. 전래동화를 읽는 것은 곧 우리나라의 역사와 전통을 바로 아는 일이 되기도 하며, 이야기 속에 숨겨진 조상들의 지혜와 슬기를 자연스럽게 익히는 계기가 되는 것이다. 연구자의 경우에도, 어릴 적부터 들어왔던 여러 가지 전래동화들을 통해, 한국인으로 태어나고 자라면서 직접 경험할 수 없었던 옛 조상들의 지혜를 간접적으로 경험하며 내면화해 왔던 것이 사실이다.

그러나 우리나라는 산업화와 세계화를 거치며, 서구의 사상과 문화를 수용하고 우리의 전통사상과 전통문화를 도외시해온 경향이 있음을 부인할 수 없다. 그 결과 우리는 우리 민족의 고유한 전통사상과 전통문화를 잃어버리고 서구의 계몽주의 사상과 자본주의를 무비판적으로 도입하여 가족중심 사회와 공동체중심 사회에서 개인주의와 물질 우선주의 사회로 변화하였다. 세계화라는 명목 하에 가치로운 우리의 전통사상을 잃어버리고 서구의 사상이 혼재함으로 인해 민족정체성의 혼란과 가치관 상실의 문제가 발생하고 있다. 그러나 진정한 세계화란 자기 민족문화의 개성을 살리는 것이다. 즉, 세계 여러 나라가 자국의 전통문화에 기반을 두고 새로운 전통문화를 재창출하여 세계 각국의 문화와 조화롭게 공존하는 것이 진정한 세계화이자 국제화인 것이다(문미옥, 2001).

다행히 최근에 들어와 우리나라 전통교육의 중요성을 깨닫고 이에 대한 연구[1])가 활발해지고는 있지만 대부분 전통문화와 사상 자체를 깊이 있게 다루기보다는 전통교육의 실태나 현장적용을 다루는 데 그치고 있는 실정이다. 그러나 전통교육의 근간이 되는 사상적 바탕에 대한 이해가 없이는 그 본질과 가치를 파악하는 데 어려움이 있다. 전통은 옛 것을 그대로 전수하는 죽어있는 전통, 즉 유물로서의 전통이 아니라, 과거에 뿌리를 두되 끊임없이 변화되고 재구성하여 갈 때 전통으로서의 진정한 의미를 가지게 되는 것이다(문미옥 외, 2001). 이를 위해서는 우리가 기본적으로 과거의 것을 정확히 파악해야 할 뿐만 아니라 새시대의 요구와 필요라는 관점에서 재해석을 하는 것이 필수이다.

2003년 현재 교육부 고시 제 6차 유치원 교육과정에는 유치원 교육에 알맞은 전통교육의 실천적 내용을 구체적으로 명시하고 있다. 태극기나 애국가, 무궁화 등의 나라 상징물들을 알게 하고 전통 춤과 음악, 음식, 주택 등을 중심으로 전통 놀이를 경험하고 즐기는 기회를 제공하도록 하는 것이다.

그러나 이 뿐만 아니라 유아교육 현장에서 전통교육을 함에 있어 생각해 보아야 할 것은, 이러한 활동을 통해 어린이들이 궁극적으로 얻을 수 있는 것은 무엇이며, 더 나아가 그것이 현

---

1) 전통교육과 관련하여 이루어진 최근 몇 년 간의 학위논문들을 살펴보면 다음과 같다. 김현희(2001)의 한국 전통생활과학의 유아과학교육적 적용. 동덕여자대학교 대학원 석사학위논문, 임양선(2001)의 DBAE에 기초한 유아전통미술교육 프로그램 개발연구. 서울여자대학교 대학원 석사학위논문, 조기곤(2001)의 유아교육기관의 전통놀이활동에 대한 조사연구. 원광대학교 대학원 석사학위논문, 신성자(1998)의 유치원의 전통예절교육 프로그램 개발에 관한 연구. 동아대학교 대학원 석사학위논문, 신숙희(1998)의 유아교육과정 영역별 유아의 전통놀이 연구. 동아대학교 대학원 석사학위논문, 온영란(1996)의 유아교육 프로그램의 전통놀이에 관한 조사연구. 원광대학교 대학원 석사학위논문.

대의 어린이들에게 어떠한 의미를 주는가 하는 점이다. 이를테면, 유아 교사가 <고려장 이야기> 라는 전래동화를 어린이들에게 들려준다고 하자. 그 이유가 단지 '우리 조상들의 지혜를 담고 있어서' 라든가 내지는 '우리의 고유한 동화이기 때문에' 또는 '좋은 교훈을 담고 있어서' 라면, 정작 중요한 핵심과 보다 풍부한 의미는 놓친 채 표면적이고 주변적인 교육 밖에는 되지 않는 것이다. 그 당시의 사상과 관점에서 <고려장 이야기>의 진정한 의미가 무엇인지를 파악해내야 하는 것은 물론, 현대인의 시각에서 재해석하는 작업이 동시에 수반되어야 한다.

그런가 하면 나뭇짐이 크고 무거워서 어물어물하고 있다는 이유 하나로 농부가 관가의 높은 벼슬아치의 행차에 속수무책으로 당하는 내용2)이라든가, 심지어는 자식의 목숨을 바쳐서라도 부모를 공양한다는 내용의 전래동화3)가 있다. 이는 그 당시 사회가 지극히 전통적 질서에 따른 지배층 위주로 되어 있었다는 시대적 상황에 대한 인식과, 당시 사회를 지배했던 '효(孝)'를 중심으로 한 유교적 가치관에 대한 전제와 이해가 없이는 현대의 어린이들에게는 본래의 가치가 제대로 전달될 수 없다.

---

2) 이러한 예를 잘 보여주는 동화의 일부분을 제시해본다. …"이 무엄한 놈, 나으리의 행차가 보이지도 않느냐?" 이렇게 고함을 지르면서 그 나졸은 길 옆으로 힘차게 밀어젖혔습니다. 그 바람에 무거운 나뭇짐을 지고 있던 농부는 비틀비틀하다가 그만 논바닥에 나뭇짐을 진 채로 주저앉았으니 어떻게 되었겠습니까? 옷이고 나무고 엉망진창이 되어버렸습니다. 그러나 높은 벼슬아치의 행차는 아랑곳없이 지나가 버렸습니다. 무논 속에 엉덩방아를 찧은 농부는 흙탕물을 뒤집어쓴 채 엉엉 울기 시작했습니다. "너무해요, 아무리 높은 나으리라지만 이건 너무하지 않아요. 제게 무슨 죄가 있다고 이렇게 처박아둔 채 지나가다니 아이고 분해."… <뒹굴어서 벼슬한 농부> 중에서.

3) <아들 삶은 효자>

한편 본 연구와 관련하여 전래동화의 내용을 분석한 최근의 연구들을 살펴보면 다음과 같다. 한국 전래동화에 반영된 가치와 교육방법을 분석한 김선배(1998)·이경숙(1990)의 연구, 한국 전래동화에 나타난 도덕성을 분석한 박혜성(1997)의 연구, 전래동화에 나타난 봉건적 가치관을 분석한 홍순철(1996)의 연구, 전래동화에 나타난 부모의 양육태도 및 등장인물의 성역할 표현을 분석한 이현(1995)의 연구 등이 전래동화를 분석한 비교적 최근의 연구들이다. 그러나 이러한 선행연구들은 기존의 이론체계의 틀에 비추어 전래동화의 한 쪽 측면만을 다룬 연구들로, 한국 전래동화의 전반적 특성이나 그 안에 담긴 보다 깊은 측면은 다루지 못했다는 한계가 있다. 전래동화의 심층적 의미는 바로 한국적 특성에서 비롯된 것으로, 서구사회에서 추구하는 과학성, 논리성, 합리성을 뛰어넘는 보다 형이상학적이고 초월적인 그 무엇인가로 생각되며, 이러한 심층적 사상과 의미를 이해하기 위해서는 보다 더 깊이 있는 이해가 필요하다고 본다. 전래동화가 우리에게 진정으로 말하는 바, 그 의미의 깊이와 한계 및 교육적 함의를 기존의 이론체계나 표면적인 교육성에서 벗어나 우리 각자와 대화하는 열린 텍스트로서 경험함이 필요한 것이다.

세대를 이어가며 우리 민족에게 이어져 온 전래동화는 앞으로도 끊임없는 재화(再話)의 과정을 거치며 한국민의 정서를 지배하게 될 것이다. 따라서 우리나라 어린이들이 밀접하게 접하게 되는 한국 전래 동화 속에 반영되어 있는 당시의 사회상과 윤리관을 비롯해, 이에 담긴 사상과 문화를 포함한 다양한 의미들을 해석학적 관점에서 이해하여 현대의 어린이들에게 보다 가치롭게 전달될 수 있는 방법을 모색하고자 한다. 이는 한

국 전래동화를 통해 유아교육연구자 및 유아교육 현장의 교사
들이 우리의 전통문화와 사상, 정서 등을 심도 있게 이해하게
함으로써 현대의 어린이들에게 보다 더 가치로운 우리의 전통
사상교육을 하는 데에 이바지하게 될 것이다.

3. 연구문제

본 연구는 우리나라 전래동화를 해석학적으로 이해하기 위한
연구목적을 달성하기 위해 다음의 문제들을 고찰한다.
첫째, 한국 전래동화의 의미 구조는 어떻게 이루어져 있는가?
둘째, 한국 전래동화의 의미는 어떠한 이해의 지평 속에서 구
성되는가?
셋째, 한국 전래동화의 현대 유아교육적 함의는 무엇인가?

4. 연구대상

본 연구에서의 분석 대상 동화는 현행 우리나라 전래동화의
편찬 빈도를 밝힌 최운식 · 김기창의 연구결과(최운식 · 김기창,
1998)를 준거로 하여, 수록 빈도가 높은 작품들을 중심으로 선
정하였다. 분석 대상 동화를 선정하는 준거는 저자별 선정, 시대
별 선정 등의 방법도 있을 수 있겠으나, 전래동화 자체가 지니
는 '작자 미상, 시대 미상'이라는 특성을 고려해 볼 때 이는 적
절치 못하다는 판단이 들었다. 이러한 측면에서 연구 대상 동화

의 선정 준거를 고민한 결과, 수록 빈도에 따라 빈도수가 높은 순으로 선정하는 것이 본 연구의 목적에 가장 적절하리라고 생각하였다. 이는 수록 빈도가 높은 전래동화일수록 어린이들이 접할 기회가 많고 그만큼 어린이들에게 많은 영향을 줄 것이라는 판단 때문이다.

한편, 연구자의 처음 의도는 우리나라 전래동화 중 100편을 선정할 계획이었으나, 동일한 빈도 순위를 지닌 동화가 있어 최종적으로는 102편이 선정되었다.

이 외에 연구자에게 갈등이 되는 부분은 바로 '변이형에 관한 고려'였다. 전래동화는 그 발생적인 특징으로 인해 전승과정에서 내용과 표현방식에 다소간의 차이가 있는 여러 가지 변이형이 있을 수 있다. 그러나 그러한 변이형까지를 연구에 포함시킨다는 것은 연구의 범위가 너무 광범위해질 뿐만 아니라 본 연구의 목적에 큰 영향을 끼친다고는 생각되지 않는다. 따라서 이본(異本)에 관한 고려는 본 연구에서 제외하였다. 이에 따라 선정된 작품은 부록의 〈표 1〉에 제시하였다.

Ⅱ. 해석학적 접근

앞에서 제시한 연구목적을 달성하기 위해 본 연구에서는 해석학적 접근을 하였다. 한국 전래동화를 해석학적 접근으로 분석하기 앞서 본 장에서는 해석학적 접근에 관하여 살펴본다.

해석학에서 보는 인간은 적어도 내적으로 복잡한 정신구조를 갖고 있으며, 또 외적으로는 역사적이고 사회적인 요소에 영향을 받으며 그 속에서 형성되어 가는 존재이다. 그러므로 인간의 존재 방식인 행동을 우리가 이해하고자 할 때 우리는 그가 외적으로 표출한 행동인 객관적 사실만을 관찰할 것이 아니라, 그가 속한 역사적이고 사회적인 요소들을 고려한 그 행동의 의미를 이해해야 한다. 이 점에서 본다면 인간이 주체가 되는 사회현상이나 역사현상을 다룰 때에도 마찬가지로 객관적인 사실만 독립시켜 고찰한다는 것은 문제가 따른다는 것을 알 수 있다.

이런 점에서 해석학이 실증주의의 자연과학의 방법과는 달리 '이해의 방법'을 제시한 이유가 드러난다. 즉 해석학이 사회과학 연구 대상으로 우선적으로 바라보는 것은 정지된 인간이 아니고 사회현상의 주체가 되는 '행위하는 인간'을 상정하고 있다. 그리고 그 인간은 그가 행위하고 있는 삶의 전체성 속에서 파악된다고 보고 있다. 인간의 삶은 인간의 전체적이고 내적인 구조인 심리적, 정서적, 지적인 본성에서 파생된 현상이며, 이런 현상은 가치와 의미의 목적이 의미 연관을 이루는 전체성의 세계이다. 즉, 인간적 현상은 인간 자체와 하나의 통일을 이루고 있기 때문에 인간 행위에서 파생되는 일체의 것은 인간에게 환

원해서 이해해야 한다. 인간의 표현은 모두 내적인 과정의 표현
이므로 내적인 의미의 파악, 이것이 해석학의 인간이해 방법의
요체이다(변호걸, 1993).

한편, 해석학적 경험의 대상은 '전승(傳乘)'이다. 전승이란 과
거적 세계를 담지하고 있는 현존물이다. 가다머의 해석학에서는
"전승의 본질이 언어성을 통해 특징지어진다."는 사실이 일관되
게 나타난다(오용득, 1995).

따라서 한국 전래동화라는 전승되어진 현존물이 우리에게 드
러내고 있는 바를 이해하고자 본 연구에서는 이러한 해석학적
접근을 통해 연구의 목적을 달성하고자 하였다.

이를 바탕으로 본 연구의 바탕을 이루는 해석학의 주요 개념
들을 보다 구체적으로 제시하면 다음과 같다.

1. 텍스트로서의 전래동화

해석학적 관점에서 볼 때 전래동화에 내재한 텍스트성4)은 다
음의 두 가지로 크게 나누어 볼 수 있다. 전래동화는 첫째로 그
것이 한 사회의 문화 내용을 담은 담론적 서술 내용을 띠며, 둘
째로 그러한 담론적 서술 체계는 교사와 학습자(유아) 사이에
세계 인식을 위한 해석의 대상, 즉 텍스트가 된다.

---

4) 해석학에서 볼 때 해석의 대상이 되는 텍스트로서의 전래동화는
   하나의 이야기 즉 담론의 형태로 이루어진 서사 구조를 가지고 있
   다. 본 연구에서의 '텍스트성'이라는 용어는 한국 전래동화가 담론
   의 형태를 띤 서사 구조로 이루어져 교사와 유아에게 해석의 대상
   으로 주어짐으로써 한국 전통의 이해를 이끄는 존재임을 나타내기
   위한 용어이다.

이러한 측면에서 해석학적 관점에서 전래동화를 고찰하는 것은 다음과 같은 타당성이 있다. 전래동화가 교사와 학습자(유아)에게 문자화된 책의 형태로 제시될 때 갖게 되는 텍스트성역시 전래동화에 대한 해석학적 접근의 바탕이 되는 것이다. 즉교사와 학습자(유아)는 교수-학습 과정에서 전래동화라는 텍스트에 담겨 있는 의미 구조를 독해, 해석함으로써 비로소 세계와사회에 대한 인식 체계를 확립해 나가게 되는 것이다(김봉석, 1995).

특히 텍스트가 지니는 의미와 유의미성은 텍스트에 대해서해석자가 갖게 되는 선이해의 맥락에 의존한다. 그리고 이러한텍스트의 의미와 해석자의 선이해는 해석의 상황을 구성한다. 이처럼 텍스트의 의미는 해석자의 관점과 선이해에 항상 연관되어 있다는 점에서 관계성 혹은 의미 연관성을 본질적 속성으로 지니고 있다. 텍스트의 의미가 주관(해석자)과 객관(텍스트)의 관계성의 산물이라는 것은 텍스트의 이해가 해석자의 체험을 맥락으로 삼는다는 것을 말한다. 이 때의 해석학의 체험이란바로 해석자의 삶 전체이다. 텍스트와 해석자 사이에 형성되는이와 같은 의미 연관의 관계는 주관-객관의 인식구조가 상호의존적인 순환구조임을 보여주는 것이다.

한편, 현대 해석학의 하나의 뚜렷한 특징은 과거 오랫동안 소홀해 왔던 교육의 본질이나 의식의 본질과 같은 사상의 본질을찾으려는 노력이라고 볼 수 있다. 이는 또한 본질을 세계에 대한 우리의 경험 밖에서 구하지 않고 우리의 경험 가운데서 찾으려는 노력이라고 볼 수 있다. 말하자면, 메를로 뽕띠가 지적한바와 같이 인간의 "세계와의 직접적이고 원초적인 접촉을 회복"(Merleau-Ponty, 1962) 하려는 노력이라고도 할 수 있다. 우리가 글을 쓰고 읽는 행동을 예로 들면, 그러한 표현이나 주장을 가능하게 하는 저자의 주제에 대한 경험과 편견 및 그러한 표현이나 주장을 이해 혹은 오해하게 하는 독자 자신의 경험과 편견에 눈을 돌리게 함으로써 글의 적절한 해석을 통하여 세계에 대한 깊은 이해를 추구하게 한다. 가다머가 해석학을 "인간학이 우리의 세계에 대한 경험의 총체와 연결시켜 주는 것이 무엇인가를 잘 이해하려는 시도"(Gadamer, 1982, viii)라고 표현한 것은 이 점을 잘 지적한 것으로 볼 수 있다.

이에 관련하여 가다머는 이해뿐만 아니라 모든 인식에 있어서는 필연적으로 어떠한 선입견도 포함되어 있다는 사실을 인정해야 한다고 주장한다(Gadamer, 1972). 우선 텍스트를 이해한다는 것은 언제나 그것에 대한 부분적인 이해에 기초하여 그 텍스트의 의미를 투사하는 것을 포함하고 있다. 예를 들면, 나는 어떤 책을 접하면서 책의 제목과 저자를 바탕으로 그것이 애정 소설이라는 것을 가정하지만 그 책을 읽어가면서 점차 이 책이 애정 소설이라는 나의 초기 가정이 의문시되는 경우를 볼 수 있다. 따라서 선입견은 계속되는 체험이나 책을 읽어 가는 과정 속에서 확인될 수도 있고, 반면 반박될 수도 있다. 뿐만 아니라 보다 근본적으로 생각해 볼 때 선입견이 없다면 독자는 텍스트의 의미에 대한 관심도, 예감이나 추론도 가질 수 없게 되어 진정한 이해가 불가능하게 될 것이다.

다음으로 가다머는 선입견을 해석자의 상황과 뗄 수 없는 관계를 가질 수밖에 없다는 데 초점을 맞추고 있다. 어떤 텍스트의 의미를 이해한다는 것은 그 텍스트가 '객관적'으로 가지고 있는 의미를 이해한다는 문제가 아니라, 그것은 다른 사람이 어떻게 이해하든 간에 '내'가 그 의미를 이해한다는 것이다. 이렇게 텍스트의 의미가 해석자의 상황에 따라 영향을 받는다는 것은 가다머가 하이데거가 주장한 이해의 선구조 개념을 받아들여 설명하기 때문이다. 하이데거에 따르면 내가 텍스트를 의식적으로 해석하거나 어떤 사물의 의미를 파악하기 전에 이미 나는 그것을 일정한 맥락 안에 두고 있고 일정한 관점에서 그것에 접근하여 그것을 일정한 방식으로 받아들인다. 이를 통하여 텍스트의 진정한 의미를 찾아내는 과학적 방법이나 중립적인 태도는 가능하지 않고 데카르트적인 의미에서의 객관적 이해라는 것도 가능하지 않다는 것을 알 수 있다(최신일, 1998). 텍스트에 표현된 의미는 이미 문자나 행동, 표정 등의 매개체를 통하여 고정된 것으로, 해석해야 할 '객관화된' 것이다. 그러나 해석자의 시각과 편견, 이해 가능성, 사고의 폭과 깊이 등 '주관적' 요소에 따라 텍스트의 의미는 그 성격을 다양하게 달리하게 된다.

텍스트와 해석자간의 이러한 의미 연관적 순환 구조는 특히 전래동화가 해석자에게 삶과 세계 인식의 메시지를 전달하려는 의도 아래 구성되었을 때에 더욱 강하게 드러난다. 텍스트의 저자가 독자에게 삶과 세계에 대한 앎의 구조, 즉 지식을 전달하려고 할 때 저자가 말하려고 하는 바는 반드시 독자의 삶과 의미 연관을 가져야만 한다. 왜냐하면 이래야만 전래동화의 메시지가 독자에게 의미있게 수용될 수 있기 때문이다. 이러한 점에서 한국 전래동화의 텍스트성은 텍스트와 해석자와의 의미연관성을 핵심적인 내용으로 지니고 있다(김봉석, 1995). 즉, 한국 전래동화에 담겨 있는 메시지는 텍스트의 독자인 교사와 유아의 선이해 구조와의 대화 속에서 이해되며, 궁극적으로는 그들의 이해지평과의 소통과정에 따라 개별적인 메시지를 전달받게 되는 것이다.

가다머의 역사 연구에 있어서 중요한 관심은 역사란 뒤에 남겨지는 것이 아니라 의미 있는 전승으로서 우리에게 주어지는 것이라는 점이다. 이 같은 이유 때문에 과거에 대한 해석학적 연구는 언어적 전승과 더불어 그 자체에 관심을 가지는 일이다. 그러나 가다머는 전통은 그 특성상 언어적이며, 이 언어적 전통은 모든 다른 전통보다 우선한다는 것이다. 해석학은 텍스트에 특별한 주의를 기울여야 할 뿐 아니라, 언어적 전통은 과거로부터 우리에게 전승된 다른 모든 것들(예를 들어, 건축물, 기념비, 조형예술)보다 우선한다는 점이다.

그러나 전통의 언어성은 근원적으로 말이 아니라, 글이라는 점이다. 이 같은 문제에 있어서 가다머는 몇 가지 논의를 제시하고 있다. 가다머에 의하면 글로 씌어진 언어는 해석학적 물음의 근원적 대상을 만들고 있는 특성을 가진다는 것이다.

언어가 글로 된다는 사실은 텍스트의 확실성을 부여한다는 것이며 언어가 전승된다는 사실은 글로 된 전통의 연구, 즉 과거를 주된 연구로 만든다는 것이다(백종철, 1996).

이렇듯 한국 전래동화가 지니는 텍스트성을 고려해 볼 때, 연구자가 한국 전래동화를 해석학적으로 이해하고자 하는 이유를 제시하면 다음과 같다.

첫째, 텍스트 자체가 지니는 "세계 및 상황으로부터 이탈된, 또는 소외된 특성"5)을 보완하고자 하는 해석학의 방법적 이해가 전래동화에 내재된 심층적인 의미들을 분석하기 위한 연구자의 연구의도와 잘 부합된다고 판단되었기 때문이다. 리꾀르는 텍스트를 저술에 의해서 고정된 논의라고 보고, 텍스트는 말

---

5) 이를 가리켜 Ricoeur, P.는 The model of the text(1977)라는 자신의 저서에서 "텍스트의 약점"이라고 하였다.

(parole)과는 다른 글(langue)로 구성되어 있기 때문에 텍스트에서의 논의는 대화에서의 논의와는 다르다고 주장한다(오만석, 1997). 이를 전래동화에 적용시켜 보면, 전래동화를 구연(대화)을 통해 전달하는 경우 시간이 경과되어 상황이 변하면 말해진 것의 의미가 사라지기도 하고 구연하는 당시의 상황에 따라 내용의 일부가 첨가되고 삭제되기도 하며, 여러 가지 변형과 융통성 있는 전달이 가능하다.

　그러나 텍스트로 기록된 것은 시간이 지나도 그대로 고정되며, 또한 구연의 경우 말하는 사람이 의도하는 바를 실물로 보여주거나 그 구체적인 의미에 대한 보다 부가적인 설명이 가능하지만, 텍스트에서는 저자가 의도한 구체적인 실체가 뚜렷이 드러날 수 없다. 따라서 텍스트는 그 자체가 대화와는 달리 논의가 이루어지는 상황의 특수성, 풍부성 그리고 다양성으로부터 분리된 것이라고 할 수 있다. 해석학의 과제는 본질적으로 저자가 아닌 텍스트 자체를 이해하는 데 있다. 이는 시간적 거리의 개념 및 역사적 이해에 있어서의 의미에 대한 강조를 통해 자명하게 드러난다. 텍스트가 이해되는 것은 개인들 - 즉, 저자와 독자 - 사이의 관계가 존립하기 때문이라기보다는 텍스트가 전달하고자 하는 주제에 함께 참여하기 때문이다. 또한 이러한 참여가 강조하고자 하는 바는 우리가 자신의 세계로부터 벗어나기보다는 텍스트가 우리의 현재의 세계 속으로 들어오도록 한다는 사실이다. 다시 말해서 우리는 텍스트가 우리에게 현재적으로 되도록(to be present), 또는 생기(生起)하도록 해야 한다. 이해는 주관적 과정이 아니라 스스로를 전통 속에 위치지움으로써 전통을 우리에게 전달해 주는 "사건(event, 생기)"에 참여하는 문제이다. 이러한 전통의 흐름, 즉 과거와 현재가 뒤섞이는 순간에의 참여이다. 가다머는 이러한 이해 개념이 해석학 이론에서 수용되어야 한다고 주장한다. 진정한 준거점은 저자나 독자의 주관성이 아니라 현재 우리에게 드러난 역사적 의미 자체이다(리차드 팔머 저, 이한우 역, 2001).

둘째, 해석학적 행위는 과거와 현재, 텍스트와 해석자의 변증법적 대화행위인데 이 같은 대화행위를 규정하는 것이 언어(백종철, 1996)라는 점에서 볼 때, 객관적으로 존재하고 있는 한국 전래동화라는 텍스트의 의미를 표현할 수 있기 위해서는 연구자 고유의 언어로 옮길 수 있어야 한다는 점에서이다.

한국 전래동화라는 텍스트는 해석의 과정을 통해서 말해질 수 있다. 이는 곧 이해가 해석학적 경험 자체라는 것을 뜻한다고 보여지며, 따라서 전승의 과정을 거치며 문자로 고정된 한국 전래동화의 텍스트에 담긴 본질적 의미들을 충실히 드러내기 위해서는 해석학적 접근이 적절하다고 판단되었다.

2. 이해의 성격

전통적으로 인문사회과학에서는 '이해(understanding)'와 '설명(explanation)'을 구분하는 경향이 있었다. 그 예로, 딜타이는 "자연현상에 대해서는 '설명'의 방법을, 인간현상에 대해서는 '이해'의 방법이 적절하다."고 구분하였다. 즉, '설명'이란 개념은 자연과학 방법론에서 빌어 온 지성(知性)의 모형을 뜻하는 것으로, 주로 객관적인 외부적 관찰과 가설설정 및 검증이라는 연역적 추론, 자료의 수량화, 결과의 일반화 등의 실증적 방법을 가리킨다. 이러한 방법은 인간의 현상을 고정된 규칙성으로 환원시킬 수 있을 뿐 아니라, 그 규칙성의 논리를 실증적으로 검증할 수 있고 검증된 지식은 객관적인 과학적 성격을 띠고 있다는 순진한 믿음을 드러내는 것이다.

반면, '이해'한다는 것은 인간 현상에서는 고정된 규칙성으로 표현될 수 없는 개개인의 특이하고 다양한 의미의 차원과 객관적으로는 포착하기 힘든 복잡성이 내재한다는 전제에서 시작된다. 예를 들어, 아동에게 동일한 전래 동화를 들려주더라도 각 아동이 갖는 경험의 질과 의미는 각기 다르며, 그것은 획일적이고 고정된 단순 명제로 측정하기에는 너무나 복잡 미묘하고 유동적이라고 할 수 있다. 곧 '이해'란 아동이 지닌 주위 인간 및 사물과의 상호관계와 개인적인 삶의 역사성 속에서 그가 느끼는 특수하고도 절대적인 체험적 의미를 파악하는 것이다(유혜령, 1997).

해석학적 경험은 단적으로 말해서 '이해'이다. 이해라는 것은 이미 어떤 전통 속에 속해 있는 구체적 인간의 행위로서, 인위적으로 조작된 편견 없는 진공 상태에서 대상을 파악하는 것이 아니라 영향사(effective historical consciousness)의 흐름과 영향 아래에서 그것을 대하며 그 의미를 이해하게 되는 것이다. 이해의 주체인 나와 대상과의 관계는 주·객의 대립이 아니라 '나'라는 존재가 이미 대상의 영향사 아래에 서 있으며, 대상이라는 것도 나의 현재의 역사적 지평을 떠나서 그 자체로 있는 존재가 아니다. 마치 한 인격과 다른 인격의 만남(encounter)과도 같이 나와 전통과는 대화를 하게 되는 것이다(김성우, 1991). 가다머의 이해 개념은 근본적으로 하이데거의 이해 개념에 뿌리박고 있다. 가다머에게 있어 이해와 언어의 근본적인 관계성의 근거는 "이해가 텍스트에 대한 사념에 타당성을 부여해 주는 해석학직 지평을 형성시키기 때문에 이해는 이미 해석이다." 라는 사실에서 출발한다. 해석학적 이해는 "사물이 제 모습 그대로 보여지게끔" 해주며, 이를 타인과 공유할 수 있는 가능성을 열어준다. 해석학적 이해에서 얻어지는 통찰력으로 우리는 우리 삶의 진수를 보게 되는 한편, "우리에게 주어진 실존의 무한한 가능성을 추구"할 수 있게 된다.

한편 가다머는 해석학의 출발점을 인간적 삶의 표현에 대한 이해에다 두고, 이해는 언어와 대화라는 기초적인 토대를 가정해야만 가능하다고 주장함으로써, 언어를 통하여 세계 경험의 통로가 열리며 이해가 성취된다고 주장한다. 인간의 현실적 삶을 철저히 왜곡시킨 전통적 언어관에서 벗어난 가다머는 과학적 방법이 삶의 경험을 왜곡하고 있었던 시대에 하이데거를 만나게 되었고, 그를 통해서 해석학적 근본 경험의 토대로서 이해의 개념을 획득하게 되었다. 특히 언어의 대화적 구조를 부각시키고 있는 가다머는 누구든지 진정으로 대화하려고 하고 대화를 통해서 서로 합의하려고 애쓴다면 어떤 편견이나 선입관도 극복할 수 있으며 참된 진리의 길을 대화를 통해서 얻을 수 있고, 대화 속에서 만나게 되는 타자(他者)는 자신의 어딘가 붙들려 있음과 자신의 협소함을 노출시키고 해소하도록 만든다고 주장한다. 그리고 이 대화는 의미의 교환과 합의에 도달할 때까지 계속된다. 대화한다는 것은 자신을 뛰어 넘는 것이며 타자와 함께 생각한다는 것을 의미하기 때문에 서로 다른 지평이 융합하는 새로운 세계로의 길을 모색하게 해준다.

가다머에 있어서의 이해 개념은 딜타이의 해석학의 전통에 따른 "문자로 고정된 삶의 표현에 대한 이해" 라는 개념에서 출발하지만, 그의 해석학의 범위를 확장시켜 인간과 인간의 관계 나아가 세계와의 관계까지 포괄하고 있다. 독일어의 이해 (verstehen)란 단어가 사태를 인지적으로 안다는 것뿐만 아니라 "무엇에 대해 양해한다(verstaendnis)"는 의미를 함축하고 있듯 이 인간적인 관계 양식으로까지 확대되어 있는 것으로 보기 때 문에, 여기서의 이해는 상호적인 대화까지도 포함되고 있는 것 으로 보아야 한다. 다시 말하면 인간이 산출한 모든 삶의 표현 에 대한 이해는 언어와 대화라는 기본적 토대를 상정할 때 가 능하며 그런 의미에서 해석학은 보편성을 가지고 있다. 독일 관 념론 이후 여전히 방법 의식이 뿌리내리고 있던 철학적 상황에 서 가다머가 그의 철학적 해석학의 주제인 이해의 개념을 얻게 된 것은 전적으로 하이데거의 도움 때문이다. 가다머는 이해의 개념을 방법 의식에서 파악한 것이 아니라 실존 범주, 즉 인간 현존의 범주적 근본 규정으로 심화시킨 하이데거를 만남으로 방법 의식에 얽매이지 않고 예술 경험과 역사 경험을 해석학적 고찰의 대상으로 삼게 되었다.

가다머가 비판하고 있는 실증주의적 방법의식이라는 것은, 지 금까지 서구문명을 밑받침하고 있는 "진리"와 그 진리를 "방 법"을 통해서만 획득할 수 있다는 것이었다. 과학주의 인식론에 맹종하고 있는 전통적 인식론은 주체와 객체가 엄밀히 분리되 어 있다. 그리고 다른 그 무엇에 의해서도 좌우되지 않는 부동 의 지주로서 주체와, 그 주체와는 독립적으로 존재하는 객체를 연결시키는 수단을 방법이라고 하며, 이 방법이 확립되면 다른 사람들 역시 진리로 인도할 수 있다는 것이다. 가다머는 이러한 주객이원론과 객관화의 문제를 예술 작품의 경험 혹은 이해로 부터 해명하고 있다. 예술 작품과 독자의 관계는 분리된 주체와 객체와의 관계에서 이루어질 수 없으며, 또한 양자 사이에는 방법이라는 것이 존재하지 않는다고 주장한다. 결국 예술작품과 그것을 이해하려는 독자의 관계는 개성적이며 그 작품이 때로는 우리를 당황하게 만들기도 하고 우리의 낡은 관점과 입장을 동요시키기도 한다. 이와 같이 이해의 대상이 우리를 당황하게 만드는 것을 가다머는 해석학적 경험이라고 말한다. 물론 여기서의 경험은 근대 경험과학에서의 '경험'을 말하는 것이 아니라, 예술적·종교적 체험을 포함한 일상생활 전체 영역에서의 경험을 말하는 것이다. 가다머가 강조하고 있는 경험이란, 그런 경험으로 지금까지의 관점이 동요되고 입장이 바뀐다는 의미이다. 따라서 해석학적 경험이란 자신의 유한성에 대한 경험이며 자기 세계관의 불완전성에 대한 경험을 말한다. 그리고 이러한 경험의 장을 가다머는 대화에서 찾고 있다. 그러므로 가다머에 있어서 이해란 이런 의미의 경험에 의한 것이며, 이러한 경험이 생기(生起)하는 장이 바로 대화이다(최신일, 2001).

한편 우리가 어떤 전승을 이해하려고 한다면 우리는 그것을 이해하기 위한 역사적 지평을 먼저 획득해야만 한다. 따라서 역사적 지평은 이해의 가능조건이다. 그러나 이 지평은 우리가 자발적으로 창출하는 것이 아니라 우리가 역사적 의식을 갖게 될 때 자각되는 것이다. 영향사적 의식을 갖게 된다는 것은 전승이 우리에게 말하고 있는 것에 우선 귀를 기울이는 것이다. 여기서 우리는 가다머의 해석학적 경험이 하이데거의 존재론적 사유를 기초로 하고 있다는 사실을 발견한다. 나아가서 가다머는 하이데거의 존재사적 물음을 영향사적 이해로 구체화시킨다. 영향사적 이해란 이제 역사적 지평의 융합으로 이루어진다. 결국 이해는 역사적 지평들의 융합과정이며 이해의 가능 조건을 형성하는 이러한 융합의 과정을 통하여 해석학적 경험은 보다 역사적인 활력을 얻게 되는 것이다(박종규, 1996).

한편, 해석학에서의 이해는 단순히 대상에 대해 지식을 가지는 인식론을 넘어서 존재론의 입장을 견지하고 있다. 가다머가 이해의 문제가 방법론의 문제, 즉 인식론의 문제가 아니라 존재론의 문제임을 알게 된 것은 전적으로 하이데거의 영향이다. 가다머의 이해의 존재론은 존재가 언어와 시간을 통해서 이해된다는 하이데거의 후기사상과 관련을 맺고 있다. 가다머는 하이데거의 존재론적 해석학에 세 가지 점에서 영향을 받고 있다. 첫째, 존재의 지평은 곧 시간이라는 하이데거의 입장에 동조하고 있다. 이와 같은 입장은 가다머의 '이해의 역사성'과 관련을 맺고 있다. 둘째, 이해의 '선구조'이다. 이 요소는 선입견이라는 개념의 기초가 된다. 가다머가 선입견의 문제에 관심을 두는 것은 계몽주의 전통이 가장 오해한 개념이라고 생각하고 있기 때문에, 그 선입견의 복권을 주장하며 또한 건전한 선입견이 있다는 사실을 인식해야 한다고 주장한다. 셋째, 해석학적 순환의 개념이다. 물론 해석학적 순환의 문제 역시 해결되어야만 한다는 방법론의 문제가 아니라, 움직임을 가지고 있는 전통의 상호작용으로 이해되어야 한다고 주장한다. 결국 가다머에 있어서의 이해란 세계-내-존재의 근원적인 양태로서, 더 이상 삶을 구성하는 여러 기능들과 대조를 이루거나 그 뒤를 이어 부수적으로 발생하는 어떤 기능이 아니라, 인간 삶 자체의 근원적인 존재방식이라고 할 수 있다. 우리 인간은 이해하고 해석하는 존재자로서 세계 속으로 '내던져져' 있다. 따라서 이해를 인간 삶의 존재의 문제와 관련시켜 나가고자 할 경우, 우리는 이해 자체를 삶의 풍부하고, 충만하고, 생생한 그리고 복잡한 차원에서 파악하려고 노력해야 할 것이다. 이와 같은 의미에서 이해의 해석학은 존재론적 의미를 가지고 있다고 할 수 있다.

또한 이해의 해석학은 존재론적이면서 보편적이라고 할 수 있다. 해석학에서의 이해는 다른 인간 활동들과 대조될 수 있는 활동의 한 유형이라 할 수 없다. 다시 말하면 가다머의 해석학은 다른 방법과 비교되는 방법이 아니라, 오히려 그것은 이해의 보편적 과정에 대한 검토이며 인간의 자연스러운 능력이다. 특히 해석학적 이해의 보편성에 대해서는 그의 언어에 대한 논의에서 구체적으로 드러난다. 우리가 참으로 이해의 과정에 있는 존재라면 이해라는 놀이의 역할은 모든 인간 행위의 근저에 놓여 있는 것이라 할 수 있다. 따라서 이것은 이해가 주관의 한 활동으로 생각될 수 없고, 더 이상 정신과학의 방법으로 간주될 수 없다는 사실을 보여주는 것이라 할 수 있다(최신일, 1998).

이러한 관점에서 본 연구 문제를 해석학적 접근으로 이해하고자 한 이유를 제시하면 다음과 같다. 현대 해석학에서 주 쟁점으로 떠오르고 있는 "의미를 이해"한다는 성격에 관한 논의들을 참조해 볼 때 해석학적인 접근방법이 한국전래동화가 지니는 내용과 의미들을 풍부하게 이해할 수 있다고 보기 때문이다. 이러한 의미에서 볼 때 전래동화는 인간의 문화적·사회적 활동의 산물이며, 따라서 인간의 활동은 이해와 해석의 대상이지 결코 자연과학적 모델을 차용한 분석의 대상이 아니므로, 전래동화도 일종의 자연현상으로서 이해·해석해야 할 의미 구성체라는 사실에서 해석학적 접근은 타당성을 지니게 된다.

또한 텍스트를 해석함으로써 텍스트의 생산자가 지닌 세계에 대한 이해를 읽어낼 수 있게 된다. 이는 우리 주위에 존재하는 수많은 표현의 양식들을 주어진 그대로 수용하는 것이 아니라 각자의 해석 능력을 동원하여 스스로 의미를 읽어 나가면서 거

기에 표현된 각기 다른 다양한 관점과 해석들을 감지하고 우리
자신의 지평을 열어 가는 일이다(유혜령, 1997). 여기서 중요한
것은, 전래동화를 올바로 이해하기 위해서는 전래동화 작품이
어떻게, 그리고 왜 이렇게 구성되었는지를 알기 위하여 그 작품
을 조각조각 분해한다고 해서 그 작품이 말해주지는 않는다는
것이다. 오히려 우리는 단어를 통해 말해진 것 및 분명하게 말
로 표현되지는 않았지만 여전히 말의 배후에 있는 것들을 듣는
법을 앎으로써만 그 작품이 말을 하도록 할 수 있는 것이다(리
차드 팔머 저, 이한우 역, 2001).

가다머는 "이해라고 하는 것은 이제 더 이상 한 개인의 주관
적 행위로만 생각되어서는 안 되며, 그것은 바로 과거와 현재가
부단히 그 속에서 매개되는 전통의 과정 속에 자기 자신을 놓
는 일이다."(Gadamer, 1975) 라고 주장한다. 그에 의하면 인간
의 이해활동은 근본적으로 언어를 떠나서는 성립될 수 없다. 모
든 이해는 해석에 기초하며, 모든 해석은 언어라고 하는 매개체
속에서 이루어진다. 결국 언어로 표현되지 않는 것은 해석될 수
없으며 또한 이해될 수도 없는 것이다. 해석학적 이해에 있어
모든 것을 규정하는 근거는 바로 언어이다. 해석학적 이해는 전
승된 텍스트 형식 속에 있는 전통과 해석자의 지평과의 만남이
라고 볼 때, 이 만남은 언어성이라는 공통기반을 통해서 이루어
진다. 그러므로 우리의 모든 사고나 이해는 언어에 앞서 다가오
는 어떤 것이라기보다는 오히려 이해 자체가 언어를 통해서 언
어 안에서 이루어지는 것이다(허숙, 1997). 이에 관련해서 또 한
가지 생각할 것은 해석학적인 접근을 통해 텍스트가 그 자체의
세계에서 무엇을 의미하는지를 설명해야 할 뿐만 아니라, 텍스
트가 현재의 순간과 관련해서 무엇을 의미하는지를 설명해야

한다는 점이다. 텍스트를 이해한다고 하는 것은 항상 이미 텍스트를 적용하는 것이라고 보여지기 때문이다.

교육적 상황에서는 세계에 대한 폭넓은 이해를 위해서 여러 가지 텍스트가 제작, 선정, 활용된다. 이는 아마도 텍스트를 통해서 이루어지는 여러 가지 교육적 활동들이 학생들은 물론 교사에게도 현재 그들의 삶의 최선의 가능성을 발견하고 실천하는 데 도움이 될 것이라는 기대에서일 것이다(오만석, 1986). 이러한 관점에서 본다면, <효성스러운 호랑이>나 <고려장 이야기>는 우리에게 효(孝)란 무엇인가를 정확하고 간결하게 정답을 제공해야 하며, 그렇지 못한 경우 교육현장에서 활용될 가치가 없는 것으로 인식될 수 있다. 텍스트를 해석하는 행위에 대해서 다시 한 번 질문을 제기해야 하는 것은 이러한 역사적 상황에서이다. 그렇게 하지 않으면 교육장면에서 텍스트를 매개로 하여 이루어지는 의미의 소통은 처음부터 오해되거나 왜곡될 수 있기 때문이다.

3. 해석학적 순환과 지평융합

해석학은 그 인식 관심의 출발점을 삶에서 찾고 있으며, 이 삶은 외적 세계의 조건 하에서 성립되는 인간의 상호작용의 연관성으로 파악하고 있다. 그리고 그 사람의 삶은 개별적인 것이 아닌 삶의 연관성 속에서 통일성을 가진 삶이며 동시에 시간을 통해 규정되는 삶이다. 즉 시간의 흐름과 체험을 통해 삶은 내용을 갖게 된다. 이러한 체험은 표현을 통해 이해되고, 이해 속에서 추체험을 하게 되어 삶은 파악되고 동시에 역사를 이해하게 되는 해석학적 순환과정인 것이다(변호걸, 1993). 따라서 한국 전래동화의 참다운 이해란 결국 '지평융합'을 거쳐 '간주관적' 실재에 이르는 것이 된다.

우리가 어떤 사태를 주제적으로 해석하며 특정관점에서 관찰하고 명제적으로 규정하여 이론적 인식에 이르기 위해서는, 이미 그 사태에 대한 총괄적인 선이해가 선행해야만 한다. 전체 안에서 그 의미가 이해되고, 그것이 어떤 것인가가 선행적으로 알려져 있어야만 우리는 그것을 문제로 삼아 탐구주제로 떠올리고, 그 주제적 관점에 따라 대상화하여 관찰하고 규정할 수 있기 때문이다. 그러나 그런 선이해는 그 자체가 비주제적이고 선술어적이다. 따라서 세계와의 관계에 있어서 명시적으로 확인하게 되는 것은 관점적 고찰에 따른 이론적 인식 결과일 뿐 선이해 자체가 아니다. 오히려 우리는 우리 자신이 그런 선이해의 틀에 따라 이미 사태를 일정 구도로서 이해하고 해석하고 있음조차 명료하게 인식하지 못하는 것이다.

그러므로 우리의 선이해가 구체적으로 무엇인가는 단지 우리의 명시적 해석을 통해서만 드러날 수 있을 뿐이다. 이처럼 인식 및 해석 자체가 선이해에 의해 가능한 것이면서 또 그 선이해 자체가 해석을 통해서만 그 모습을 드러낸다는 의미에서 선이해와 해석 및 인식의 관계는 하나의 순환구조를 보이는 것이다. 이와 마찬가지 방식으로 우리는 세계를 부분적으로 대상화하여 규정적으로 알기 이전에 이미 그 존재에 대한 선이해를 가지고 있다. 그러므로 그 존재의미가 무엇인가를 답하기 위해 우리는 그 존재를 이해하는 현존재 자신의 존재이해로 관심을 돌리게 되는 것이다. 현존재가 바로 그 자신의 존재의 선이해에

따라 자신과 세계를 해석하고 인식하는 것이기 때문이다(한자
경, 1996).

이러한 해석학적 순환의 개념에는 해석과정에 일어나는 의식
작용의 다양한 차원을 포함하지만, 공통적으로 변증법적 순환이
라는 특성을 지닌다. 변증법이란 되풀이되어 순환하지만 결코
같은 내용의 반복적 순환이 아닌, 해석자의 반성에 의한 자체초
월적 성격의 순환을 말한다. 해석자가 텍스트의 의미에 대해 점
점 더 고차의 인식에 이르게 되는 과정인 것이다. 그리하여 텍
스트가 나타내는 지평과 해석자의 지평이 만나는 지평융합에
이름으로써 이해가 가능하게 된다. 가다머에 의하면 지평융합의
개념은 해석자가 텍스트의 지평을 자신의 이해의 지평 속에 환
원시키거나 역으로 텍스트가 담고 있을 법한 절대적 의미의 지
평에다 자신의 지평을 맞추어 버리는 것이 아니라, 끊임없는 내
적 의문 제기(질문)와 대답을 통해 텍스트가 드러내고자 하는
바를 이해할 뿐만 아니라 때로는 말하여지지 않은 부분까지도,
그리고 그 내용의 한계나 전제 등도 감지하면서 확대되고 심화
된 이해를 하게 되는 상태를 말한다(유혜령, 1997).

이 해석학적 순환의 개념은 깊은 이해에 이르는 해석과정의
성격에 대한 통찰로서, 질적인 아동 연구에 있어 적어도 두 가
지 점에서 큰 시사를 하고 있다. 첫째, 연구자의 반성적 사고의
중요성을 강조하고 있다. 질적 연구에서는 텍스트의 해석 내용
에 대해 자신의 주관적 편견을 과도하게 반영하지나 않았는지,
텍스트가 표현하려고 했던 내용을 정말로 파악하고 있는지에
대하여 시간을 두고 지속적으로 추론하고 반성하고 의문해 보
는 개방적이고 순환적인 사고과정이 절대적으로 필요함을 의미
한다. 둘째, 질적 연구의 해석 과정은 엄밀한 의미에서 항상 '미

완성'인 채로 끝날 수밖에 없다는 점이다. 그것은 해석학적 순환이라고 불리는 사고의 순환성은 변증법적인 것으로서 발전적 성격을 띠기는 하지만 결코 어느 한 시점에서 사고가 종결될 수 있는 것은 아니라는 점을 보여주기 때문이다. 그러므로, 완벽한 해석이라는 것이 있을 수 없으며 항상 보다 나은 해석을 향해 가는 도중에 있을 뿐이다(유혜령, 1997).

본 연구에서 해석학적인 이해를 추구하고자 하는 것은, 해석학적 이해가 한국 전래동화가 말하는 소리에 진지하게 귀를 기울일 수 있는 개방성과 새로운 경험을 위한 준비를 제공해 주기 때문이다. 한국 전래동화의 의미는 텍스트 앞에서 이미 주어진 나의 지평을 확대시키면서 한국 전래동화의 역사적 지평과의 만남을 통해서 주어지는 것이다. 이것이 바로 '지평융합'인 것이다.

이러한 관점에서 해석과정에서의 의식의 흐름이란 텍스트 의미의 '객관성'과 해석자의 '주관성'이 지속적인 변증법적 순환을 거치게 됨으로써 전적으로 주관적이기만 한 과정도, 객관적이기만 한 과정도 아니라고 본다. 즉, 가다머(1975)와 리꾀르(1981)의 용어로 '참여(參與)와 소원(疏遠)의 변증법'이다. '참여'란 해석자가 텍스트의 내용에 열중하고 심취하여 그 세계에 몰입하는 순간 또는 태도를 의미하며 '소원'이란 텍스트로부터 잠시 떨어져 나와 거리감을 두고 보다 객관적이고 넓은 안목에서 자신이 이해한 텍스트의 내용에 대해 음미해 보는 것을 말한다. 따라서 해석학적 순환의 '참여와 소원의 변증법'적 측면은 텍스트와 해석자의 관계를 밝히는 것이다. 해석과정이란, 해석자가 텍스트의 의미에 대해 내적으로 질문하고 그 질문에 대한 답을 찾아내고 다시 질문하고 다시 응답하는 과정을 반복하는 내적인 질문과 응답의 순환과정이며, 표면적으로 드러난 액면적 내용과 그것에 의해 억압되고 밀려나 부재하는 것으로 인식되어 온 주변적 내용을 함께 고려함으로써 텍스트에 대한 이해가 그 액면적 내용의 이해에만 머무르는 것이 아니라 그 내용의 전제나 숨은 가정 또는 그것에 반대되는 견해 등을 보다 객관적이고 폭넓게 파악하는 데까지 이르는 것을 지칭하는 개념이다(유혜령, 1997).

해석학적 제반 순환 속에서의 지평의 융합은 우리의 영향사적 의식에 자리잡은 편견(선이해, 선입견)과의 변증법적인 만남을 통해서 이루어진다. 이러한 만남에서 우리는 우리 스스로를 의식하게 된다. 해석학적 순환은 텍스트를 통하여 이루어지는 영향사적 의식 속에서의 자기 이해이다. 지평의 융합은 처음의, 마지막의, 그리고 계속적이며 끝이 없는 과업이며 과정이다. 텍스트는 항상 다른 의미로 이해될 때에만 제대로 이해될 수 있다. 여기에서 우리는 가다머와 하이데거의 도움으로 해석학적 나선형적 발전을 통한 새로이 확대된 지평을 향해 기존의 편견이 반복되는 폐쇄적인 악순환을 깨고 나올 수 있다. 계속적인 지평의 융합을 통하여 끊임없는 자기초월을 이룩하게 된다(진권장, 1999).

이러한 관점에서 한국 전래동화를 이해함으로써 한국 전래동화가 드러내는 바를 깊고 넓게 이해할 수 있을 뿐만 아니라 한국 전래동화에 대한 새로운 이해의 지평을 열어 가는 시도가 될 수 있을 것이다.

4. 해석의 타당성 문제

여기에서는 질적 연구, 특히 해석의 질적 수준은 어떻게 평가

될 수 있는지, 또한 어떠한 해석 내용을 타당하다고 할 수 있는
지에 대한 논의를 하고자 한다.

우선적으로, 질적 연구의 신뢰도와 타당성 문제는 외부적 기
준이 아닌 자료해석 과정 자체에서 논의되어야 할 문제이다. 질
적 연구, 특히 현상학적, 해석학적 연구에서는 자료 해석의 도구
가 바로 연구자 자신이다. 연구자가 수집된 자료를 해석함에 있
어 자신의 이해의 지평에 맞추어 해석적 주체로서의 자율적인
인식 능력을 발휘하는 것이다. 리꾀르(1981)에 의하면, 해석자는
해석 과정에서 '불확실성의 논리와 질적인 확률의 논리'에 의존
하여 가능한 추론과 의미화 작용의 변증법적 순환을 통해 '불확
실하지만 있을 법한' 해석을 할 수 있을 뿐이다.

그러므로, 질적 연구에서는 여러 타당한 해석들이 가능하다.
연구자 개인에 따라, 또한 연구의 시점에 따라 같은 현상에 대
해서도 다른 해석이 가능하다는 말이다. 이 때 연구자는 자신의
해석 결과를 가능하게 했던 신뢰할 만한 자료들을 증거로 제시
하고 자신의 해석을 설득력 있는 언어를 통하여 표현함으로써
독자로 하여금 공감할 수 있게 할 때 그 해석의 타당성을 인정
받게 된다(유혜령, 1997).

한편 유혜령(1997)은 질적 연구의 해석 수준을 다음의 세 가
지로 제시한다. 초보적인 수준으로, 단순히 텍스트의 표면에 나
타난 것만을 요약하는 수준이다. 텍스트가 직접적으로 제시하지
는 않는 행간의 의미를 이해한다거나 텍스트 내용의 이면에 숨
어 있는 전제나 관점 등을 파악하지는 못하는 수준이다. 마치 양
적인 질문지 조사 연구와 같이 '드러난' 내용만을 정리하여 제시
하는 수준이기 때문에 엄밀한 의미에서 '해석'이라고 말할 수는
없다. 두 번째의 수준으로, 텍스트의 드러난 부분과 드러나지 않

는 부분의 의미를 파악하여 이를 기존의 이론적 틀에 비추어 해석하는 수준이다. 이 경우, 이론적 틀이란 다수가 합의할 수 있는 보편적인 공감대를 지니고 있고 고도의 정신적 추론과 검증을 거쳐서 나온 것이기 때문에, 개개의 구체적인 사실을 담은 텍스트를 해석함에 있어 현실의 여러 부분들을 타당성 있게 밝혀 줄 것이다. 이 수준은 하나의 현상을 놓고도 다양한 이론적 관점에서 분석될 수 있으므로 광범위한 학문적 소양 없이는 한 가지 이론적 시각에 얽매여 현상을 편협하게 해석하게 될 우려가 있다. 마지막 수준으로는 연구자가 자신의 지성과 감수성, 직관을 동원하여 나름대로 해석을 하는 수준이다. 마치 저명한 학자가 자신의 지평에서 확대할 수 있는 이해의 가능성을 동원하여 해석적 주체로서의 자신의 존재가능성을 드러내 보이는 수준이다. 또한 해당 분야의 여러 이론적 관점들을 소화하여 각 관점 및 이론 체계의 서로 다른 해석들이 지닐 수 있는 강점과 한계를 고려하고 이를 적절히 '참조'할 수 있는 메타이론적 수준의 해석 능력을 지니고 있어야 한다. 이 수준의 해석에서는 오직 독자로 하여금 연구자가 제시하는 의미의 깊이에까지 초대되어 함께 공감하고 함께 생각하게 만드는 공명현상, 즉 '사고에의 초대'를 통해 독자의 지평이 함께 심화되고 확대될 수 있는 것이다.

또한 리꾀르(1981)는, 해석의 타당성은 판단에 근거한 추측, 즉 실증적 검증 논리라기보다는 개연성의 논리에 가까운 것이라고 주장한다.

한편 하이데거에 의하면 인간 실존에 대한 탐구 과정은 궁극적으로 순환적인 것이다. 이 순환성은 인문과학의 전 과정의 구조적 특성을 말할 뿐 아니라, 텍스트에 대한 특정한 해석학적 순환을 말하기도 한다. 이 순환성은 개방적인 해석학적 순환 속에서 일어나는 반복적이며 나선형적인 전진 운동이다. 이 개방성은 텍스트의 비교·참조 특성에 해석자 스스로를 개방함을 말하는 동시에 텍스트의 비교·참조 특성의 해석자에게의 개방을 의미한다. 이 해석학적 순환에는, 증명하고 안하고가 문제가 아니라, 우리의 사유 속에서 사물이 명확히 드러내어지느냐가 문제이다. 이렇게 개방된, 반복적이며 나선형적인 우리 이해의 순환성으로 인하여 형이상학적인 악순환적 순환논리에서 벗어날 수 있으며 형이상학적인 가설적 추론으로 인하여 발생하는 왜곡된 지각을 극복할 수 있다(진권장, 1997).

본 연구는 미리 한국 전래동화 속에 주어진 의미가 아니라 간주관적 관계에서 형성되는 의미를 추구하려는 것이다. 같은 텍스트에서도 우리의 생활 경험에 따라 변화되고 더욱 다양한 의미가 생성되며, 텍스트에의 접근 방식과 절차에 따라 또 다른 의미가 생성된다. 해석자의 감수성에 따라서도 특정 주제에 대한 의미는 달라지게 된다. 해석학적 이해의 과정에서는, 해석자의 감수성이 다르다는 점이 연구방법상의 결점이 아니라 장점으로 부각된다. 이러한 차이가 우리가 한국 전래동화에 담긴 더욱 깊고 넓고 풍요로운 의미를 파악해 낼 수 있게 할 것이다.

5. 연구자의 자세와 개방성

여기서 강조되는 것은 해석학적 순환에 바르게 들어가기 위해서는 우리의 해석이 주관적이고 임의적인 개념틀을 따르는 것이 아니라 사태 자체로부터 행해지는 생기(生起) 현상에 충실하여야 한다는 것이다. 해석 자체가 우리의 선이해의 구조, 즉 하이데거의 용어로 "앞서 가짐"과 "앞서 봄"과 "앞서 취함"의 구조에 따라 행해지지만, 그 선이해의 선구조가 우리에게 개념적이고 명시적으로 드러나 있는 것이 아니므로, 한 사태의 선이해를 어떻게 밝혀내는가는 그 사태의 해석을 좌우하는 중요한 문제인 것이다.

결국 "사태 자체에로(To the things themselves)"라는 후설의 현상학적 원리를 내세우게 되는 것은 우리의 해석이 임의의 개념 틀, 근거 없는 선입견에 고착되어서는 안 되고, 끊임없이 사태 자체에 의해 검증받아야 한다는 것을 의미한다. 그러나 어떠한 선이해의 선입견에 의해서도 좌우되지 않는 순수한 사태 자체의 인식이란 있을 수 없다는 것이 또한 해석학의 주된 논점이다. 이렇게 보면, "사태 자체에로의" 요구는 다만 우리가 우리 자신의 선이해의 틀을 그 자체로 의식하고 해석하고 명료화하는 과정 속에서, 그 틀에 따른 우리의 세계 인식만이 유일한 이해가능성인 것은 아니라는 것을 인식하는 것을 의미한다. 우리의 세계인식이 이미 우리의 선이해의 틀에 따른 우리 자신에 의한 세계 해석이라는 것을 의식하는 것은 곧 다른 해석가능성에 대해 열린 태도를 취하는 것을 의미하며, 우리 자신의 해석 역시 끊임없이 수정 가능한 과정 중의 과업임을 인정하는 것을 의미하는 것이다. 즉, 요구되는 것은 자신의 해석에 대한 수정 가능성의 인정 그리고 다른 해석 가능성에 대한 열려진 태도이다(한자경, 1996).

이해는 근본적으로 전통적인 인식론에서의 주관적 행위가 아니라, 하이데거가 주장하였듯이 세계 속에 있는 현존재의 존재 양식으로 파악된다. 다시 말해서 해석자와 텍스트와의 만남은 사물에 대한 개념적인 파악이 아니라, 세계 자체가 해석자에게 드러나는 하나의 사건(event)이다. 이것은 언어성에 기초를 두고서 텍스트와 의미와의 변증법적 만남이라는 사건이기 때문이다. 그러므로 해석자와 텍스트를 포함하는 해석학적 상황에 적합한 방법은 해석자로 하여금 전통에 의해 부여된 개방성의 태도를 취하게 하는 것이며, 이 경우 그가 선입견과 권위, 이 모두에 대해서 열린 마음을 가질 때에만 텍스트가 진정으로 의미하는 것을 알 수 있는 것이다(이강화, 1996).

이러한 인식을 바탕으로 본 연구의 해석과정에서 연구자는 한국 전래동화가 지닌 일반화되고 상식화된 이해의 틀을 깨고 그 속으로 들어가서 한국 전래동화가 나에게 진정으로 말하고 있는 바가 무엇인지를 알고자 노력하였다. 진정한 이해란 다수가 합의할 수 있는 표면적인 의미를 떠나 텍스트 속으로 자신의 원초적인 지각력을 가지고 들어가는 것이기 때문이다. 바로 이러한 이유로 해석 과정이란 일종의 해체이며, 개인적인 몰입이다(유혜령, 1997). 이를 위해서 어느 한 가지 이론이나 주장에 편협되지 않도록 언제나 모든 가능성에 마음과 눈을 열고, 기존에 지녀온 연구자 자신의 틀을 과감히 깨뜨리고 다른 관점을 받아들일 수 있는 개방된 마음가짐으로 한국의 전래동화를 깊이 이해하려는 자세가 필요하였다.

6. 해석 절차

위에서 언급한 해석학적 이해의 개방성이 연구자의 근본 의도이다. 우리가 한국 전래동화를 연구함에 있어 그것을 기존의 이론체계에 맞추어 객관화하여 연구하는 방법은 한국 전래동화가 우리에게 드러내주는 것들을 파악하는 데에 한계가 있다. 우리는 단순히 한국 전래동화를 과거 속에 못박아 둔 채 단순히 과거의 유물로서 감상하려는 태도를 취하거나, 또는 현대적 관점에 비추어 그 합리성과 비합리성을 판단할 것이 아니라, 한국 전래동화가 우리에게 제기하는 질문들을 찾아내고 이를 해석해 내야 한다. 즉, 한국 전래동화를 이해한다는 것은 그 안에 제기된 질문에 귀 기울이고 이에 대답하는 대화를 시도하는 것이다. 이러한 질문과 대답의 순환 속에서 한국 전래동화는 그 자체가 하나의 사건이자 만남이 된다. 이러한 측면에서 볼 때 한국 전래동화의 의미는 무한한 것이 되고 해석자와의 지평융합을 개방성 속에서 획득하게 된다. 이러한 끊임없는 개방 속에서 한국 전래동화는 연구자의 해석학적 의식을 통해서 계속해서 재창조되는 과정을 거치게 되는 것이다.

본 연구는 연구자 자신의 해석에 의해 다시 변용되는 나선형적이며 포괄적인 새로운 이해의 지평을 열기 위해 한국 전래동화에 대한 나 자신에 대한 부정과 해체의 연속이다. 이해는 자기 이해를 수반하는 것으로서, 이해한다는 것은 결국 텍스트 앞에 드러난 스스로를 이해하는 것이다.

한편, 해석학에서 연구수행에 앞서 우선적으로 연구자가 갖추어야 할 것은 다음과 같다. 먼저 이해되어야 할 텍스트로서의 대상이 있어야 할 것이며, 그것을 이해할 수 있는 근거로서의 선이해(선입견)6)를 인식하고, 해석하는 능력과 개인의 심리적 상태 그리고 텍스트가 씌여질 당시와 그 시대를 살아가는 인간 삶의 방식을 규정하는 역사적 상황과 그 시대에 통용되는 언어

---

6) 리차드 팔머에 의하면 무전제적인 해석이란 결코 있을 수 없으며 성서나 문학 혹은 과학적 텍스트도 선입견이 없이는 해석되지 않는 것으로, 선입견이 우리가 역사를 이해할 수 있는 기반이라고 본다.

에 대한 포괄적 지식을 갖추어야 할 것이다. 결국 이해의 과정은 해석자의 자기 존재이해에로 귀착되는 총체적 과정이라고 할 수 있다. 다시 말하면 자기 존재에 대한 이해가 없이는 대상 혹은 세계에 대한 이해는 불가능하고 동시에 타자나 대상을 이해하지 않고는 자기와 세계를 이해할 수 없다(최신일, 1998).

또한 리꾀르(1981)에 의하면 이해와 설명의 개념은 양극화된 상호대립적인 관계에 있는 것이 아니라 상호보완적인 관계라고 한다. 리꾀르는, 텍스트의 해석과정은 텍스트 자체가 가지고 있는 객관적 구조나 요소들간의 관계를 파악하는 '설명적' 차원과 독자의 인식 능력과 주관적 시각, 사고의 깊이 등에 의해 행간의 의미와 숨은 전제까지도 파악하는 '이해'의 차원이 변증법적 관계 속에서 상호보완을 이루며 순환하는 것으로 본다.

이를 바탕으로 본 연구에서의 해석 절차는 다음과 같다.7) 첫째, 선정된 전래동화 102편을 그 주제에 따라 의미구조를 분석하였다. 이는 리꾀르가 지적한 텍스트의 객관적 의미구조에 대한 '설명적' 차원의 분석과정이다. 둘째, 분석된 의미구조들을 그 개념적 유사성과 논리적 통합가능성에 따라 범주화하였다. 셋째, 범주화된 내용들에 대한 심층적인 '이해'를 위하여 연구자의 현재 지평 속에서 만나게 되는 텍스트의 범주화된 내용들을 당시의 시대적·사회적·윤리적 맥락 속에서 질문하고 재음미하면서 지속적인 대화를 통하여 점차 심화, 확대된 의미지평을 구성

---

7) 진권장(1999)에 의하면 해석학에서 연구를 구속하는 절차를 내키지 않아 하면서도 굳이 연구절차를 정립하려는 것은 절차 정립이 연구수행의 안내자의 역할을 할 수 있기 때문이라고 한다. 또한 연구 절차는 순환적이며 동시에 수행적인 성격을 가지며, 이러한 절차는 절차라기 보다는 해석학적 탐구에서 해야 할 각각의 활동으로 보아 이렇게 함으로써 오히려 해석학적 탐구의 본래의 특성을 살릴 수 있다고 본다.

하였다. 넷째, 심화, 확대된 의미지평 속에서 점차 명확한 의미 연관을 이루는 접합점을 찾아 주제화하면서, 텍스트의 객관적인 의미구조를 왜곡하거나 변형하지 않았는지, 과연 그것에 충실하고 있는지 지속적으로 검토하였다.

이 해석의 과정에서 객관적이고 권위 있는 기존의 이론체계를 적용하거나 거기에 집착함으로써 전래동화가 말하는 풍부한 의미들을 선제한하지 않았는지, 지나치게 인과론적인 설명으로 일관하지 않았는지 주의하였다. 무엇보다 중요한 점은 연구자가 자신의 시각을 열어 스스로의 성장을 이루면서 대화하는 전래동화의 세계를, 그 깊이와 한계, 교육적 함의를 얼마나 연구자의 진솔한 언어로 독자에게 공명을 일으키면서 지속적인 울림으로 전달되게 하느냐에 있다. 이는 연구자가 체험한 것을 독자도 체험하게 함으로써 해석의 타당성을 확보하기 위함이다.

이들 각각의 단계는 한 번의 작업으로 끝나는 것이 아니라 수 차례 반복하여 주제선정이나 의미부여를 계속 수정하며, 필요에 따라 연구자 주변의 전문가에게 이를 보이고 자문을 구하여 연구자가 놓칠 수도 있는 더욱 풍부하고 심층적인 의미 부여를 보완하고자 하였다.

마지막으로 앞의 단계에서 드러난 내용들을 논리적으로 범주화하여 하나의 통합된 전체로 구성하였다. 이에는 각종 이론적인 자료와 변증법적으로 융합시키는 과정이 포함된다. 이러한 활동은 한국 전래동화가 드러내는 다양한 의미들에 대한 연구자 자신의 지평을 넓히는 과정이며, 이를 통해 연구의 타당성을 높이고 독자의 공감을 얻는 과정이 되고자 하였다.

Ⅲ. 한국 전래동화에 대한 선이해

1. 전래동화의 개념

전래동화의 개념을 논하기 위해서는 전래동화가 전승문학에서 차지하는 위치 및 전래동화와 창작동화와의 차이점들을 중심으로 고찰해 보는 것이 필요하다. 먼저, 전래동화와 전승문학 간의 관계를 고찰해 보면 다음과 같다.

전래동화는 모든 전승문학 즉, 신화, 전설, 우화, 민담과 혼용되고 있다. 그러나 전래동화는 신화, 전설, 우화, 민담 등의 전승문학 중에서 동심을 그 바탕에 깔고 있는 이야기를 말한다. 전승문학은 처음부터 유아를 대상으로 만들어진 이야기가 아니어서 아동학대를 다룬 잔인한 이야기나 비도덕적이고 외설적인 얘기도 많다. 전승문학 중에서 그 이야기의 기저에 동심이 깔려 있으면서 유아에게 유익한 것이 전래동화인 것이다(김현희 · 박상희, 1999).

전승문학 중 신화(myth)는 그리이스어에서 유래된 것으로, '이야기'를 의미한다. 신화는 가장 원초적인 문학 형태로서 대부분이 저자가 없이 입에서 입으로 전해 내려왔다. 신화는 주로 신과 영웅들이 주인공으로 등장하며 초현실적인 상상적 이야기를 통하여 땅이나 하늘이 왜 지금과 같은 모습을 하고 있는지, 누가 무엇이 어떻게 세계를 움직이고 있는지 등에 관한 우주의 기원과 발생, 자연환경의 신비, 인간의 유래와 인간의 힘, 인생의 기쁨, 슬픔, 절망, 두려움 그리고 세계의 본질과 장래 등을 임시해 주는 내용으로 종교적, 철학적 의미를 담고 있다.

개체 발생은 계통 발생을 반복한다는 반복설적 관점에서 신화를 설명한다면, 즉 인류의 역사와 한 인간의 역사는 같은 계통을 밟고 있다는 주장에서 보면, 신화는 인류의 유아기에 대한 이야기이다. 이 시대의 사람들은 오늘날과 같은 과학적 지식을 가지지 못했기 때문에 자연현상에서 일어나는 일들에 대해 매우 진지하게 생각하였으며 또한 매우 두려워하기도 하였다. 그러므로 천둥, 번개, 홍수 등 인간의 힘이 미치지 못하는 자연 현상들에 대하여 위대한 힘, 즉 초자연적인 힘을 부여하였다.

우리나라의 신화들은 주로 국가 탄생 신화들이다. 그 효시로는 단군신화가 있고 주몽신화가 있으며 기자조선신화, 가락국의 수로왕 신화, 제주도의 삼성시조신화가 있다. 또한 삼국시대 신화로서 신라의 박혁거세, 탈해왕, 김알지 등의 신화가 있으며 고구려의 동명성왕 탄생 신화가 있다. 이들은 대부분 문헌에 기록된 신화로서 삼국유사, 삼국사기 등에 수록되어 있다. 다른 민족의 신화들은 대부분 문자로 기록되지 않고 구전으로 전해 내려와 역사성을 가지고 있지 않은 데 비해, 우리나라의 신화들은 사건이 일어난 시간과 공간에 대한 진술을 하고 있어 역사성을 가지고 있다.

히브리 신화는 유태민족에 의해 발생된 신화로 구약 성경 39권과 약 15권의 외경에서 전해졌다. 유태 신화는 우주 창조에서 인간 창조로 이어지는 내용과 에덴 동산에서의 인간의 실수와 추방 그리고 인간 구원의 역사를 다루고 있다.

그리스 신화와 로마 신화는 매우 밀접한 관계가 있다. 그리스 신화는 고대 그리스 문명 발생과 관계가 있는 신화들로 대표적인 신화로는 호메로스의 "일리아드"와 "오딧세이"가 있다. 특히

"오딧세이"는 세계적으로 가장 우수한 이야기 중의 하나이다
(Smith, 1994). 이 밖에도 각 민족들은 자기 민족과 관련된 신
화를 가지고 있다.

우화는 주로 동물을 의인화시켜 인간성을 풍자하거나 교화하
려는 이야기로서 우스운 이야기에 가깝다. 우화의 기원은 재치
있는 사람이 동물담을 그럴 듯한 이야기로 다듬어서 민중 교화
용으로 삼기 시작한 데에 있는 것 같다. 우화의 대부분은 특정
지은이의 이름을 남기고 있다. 우화의 대표적인 작가로는 이솝
(Aesop Aisops; B.C 620~560년경)이 있다. 그 밖에도 프랑스의
라퐁테에느(La Fontaine, Jean de; 1621~1695)가 이솝풍의 전
통적인 동물 우화 "우화집"을 냈고, 러시아의 크루이로프(Ivan
Andreevitch Kruylov; 1768~1844)가 우화시 "우화"를 냈다(석
용원, 1986).

전설은 실재의 영웅 또는 반은 실재이나 반은 상상적인 요소
들로 이루어져 있는 영웅들의 공적 또는 옛날의 전투 등에 관
한 이야기로, 전승자가 진실되다고 믿고 실제로 있었다고 주장
하며 구체적인 시간과 장소가 제시되고 특정의 개별적 증거물
을 갖는 이야기이다. 전설에는 인간 대 인간, 인간 대 사물의 관
계를 설명하는 이야기가 많은데 인간의 좌절된 의지나 비극적
상황을 말해주는 경우가 많다. 전설은 증거물의 성격상 대체로
지역적인 범위를 갖는데, 일정한 지역을 발판으로 그 지역 주민
들에게 지역적인 유대감을 가지도록 하고 애향심을 고취한다
(최운식·김기창, 1998).

민담의 문자 자체의 뜻은 '민간에 전해 내려오는 이야기'가 된
다. 민담은 지금도 구전되고 있거나 채록되어 민담집에 채록 상
황과 함께 구연 내용이 원음대로 기록된 경우가 많이 있다. 그

런데 이 정의는 지나치게 광범위하고 설화의 의미와 겹치기도 한다. 설화의 하위범주로서 좁은 의미의 민담은 일정한 서사 구조를 가지고 있는 흥미 본위의 꾸며낸 이야기라는 뜻으로 받아들여진다. 민담은 신성함을 나타내는 것도, 사실을 전달하는 것도 아니고 오직 흥미를 위한 이야기이다. 특별히 신성한 장소나 역사적·구체적으로 제한된 시간과 장소의 제약을 받지 않는다. 민담은 이야기 그 자체로 완결되며 증거물을 필요로 하지 않는다. 민담의 주인공은 신이나 어떤 탁월한 능력을 가진 인간이 아니라 일상적인 사람이지만, 전설에서처럼 뜻밖의 상황에 부딪쳐도 공포에 떨거나 좌절하지 않고 어디서나 마법의 능력을 부여받아 반드시 난관을 극복해 나간다. 그리고 신화나 전설처럼 전승범위가 민족적, 지역적으로 제한되지 않는다. 지역적인 전형이나 민족적인 전형이 있기는 하지만 그 전형은 약간의 수정이 가해진 채 다른 지역과 민족에서도 얼마든지 발견될 수 있다. 이러한 민담과 전래동화 사이에는 다음과 같은 차이점이 발견된다(주명희, 1983).

첫째, 민담은 본질적으로 사건의 짜임새 있는 구성을 꾀하기보다는 이상하게 벌어지는 사건을 불합리한 그대로 선적(線的)으로 전개시켜 나간다. 이에 비하여 전래동화는 납득하기 어려운 불합리한 전개를 지양하고 합리화시켜서 짜임새 있는 구성을 하려고 노력한다.

둘째, 선적으로 전개시키는 민담의 서사적 서술 방법이 정적(靜的)이라면, 대화에 의해 선적인 것을 구조물화하는 전래동화의 입체적 서술방법은 역동적이다.

셋째, 민담은 짧고 명확하게 이어지는 사건 위주의 간략한 서사를 통하여 긴장감을 불러일으키는데, 전래동화는 사건의 진행 자체뿐만 아니라 그에 따르는 장면 묘사나 상황의 설명, 인물 묘사 등 군더더기를 많이 입혀 장황해지기도 한다. 그래서 긴장 감을 이완시켜 서사의 탄력성을 잃게 한다.

넷째, 전래동화는 민담보다 순하고, 함축적인 어휘나 표현을 많이 사용한다.

다섯째, 전래동화는 민담보다 도덕적이고 교훈적이다.

위의 여러 가지 고찰을 종합해 볼 때 전래동화는 전승문학의 한 부분으로, 전승문학 모두가 전래동화인 것은 아니며, 앞서 언 급한 바와 같이 전승문학 중에서도 그 이야기의 기저에 동심이 깔려 있고, 그것이 유아에게 유익한 것이 전래동화인 것이다(장 덕순 외, 1971).

또한 전래동화는 시간과 공간의 확정 없이 마음대로 꾸며진, 환상적이며 이상한 사건에 관한 비교적 짧은 전래적, 오락적 서 사물이라고 규정할 수 있는데, 그 주된 효과는 지적으로 성숙되 기 이전의 시기에 있는 아동들이 이해할 수 있는 유일한 언어 인 상상의 언어 속에 담겨 있는 내용을 접함으로 해서 아동이 그 자신의 마음을 읽는 걸 깨우치게 만드는 데 있다. 의식 발달 이전의 내용을 담은 동화의 이미지는 그 다음 단계에서 간단한 예로 전달해 주는 내용보다 훨씬 더 풍부한 것들을 일깨워 준 다. 즉, 전래동화는 오랜 세월 동안 입에서 입으로 전해져 내려 온 것으로 조상들은 이 같은 이야기를 통해 아동들에게 지혜와 슬기를 가르쳐준다. 전래동화의 주제는 주로 권선징악이며 초현 실세계를 이야기하거나 초현실자들이 등장하는 일이 많다(어린 이도서연구회, 1994).

전래동화의 특징을 살펴보면, 첫째, 전래동화는 일정한 몸짓이 나 창곡과 관련 없이 보통의 말로써 구전된다. 둘째, 보통의 말로써 구연되는 산문이며 규칙적인 율격을 지니고 있지 않다. 셋째, 구연 기회에 제한 없이 언제, 어디서나 들을 수 있다. 넷째, 반드시 화자와 청자와의 관계에서 화자가 청자의 반응을 의식하면서 구연된다. 다섯째, 전래동화의 화자는 화자로서의 자격 제한이 없고 일정한 수련을 요하지도 않는다. 여섯째, 구비문학의 여러 장르 중에서 문자로 기재될 수 있는 기회를 가장 많이 가진다.

한편, 전래동화와 창작동화의 차이점을 살펴보면 다음과 같다.

첫째, 창작동화는 최근에 동화 작가에 의하여 예술적으로 창조된 것이다. 그러나 전래동화는 옛날부터 구비전승되어 온 것으로, 언제·누가 지었는지 모른다. 둘째, 창작동화는 작가의 상상적 체험을 바탕으로 하여 쓰여진 것이기 때문에 개인적 정서가 더 큰 비중을 차지하고 있는데 반해, 전래동화는 이것을 전파·전승해 온 전승집단, 곧 우리 조상들의 공동 참여에 의해서 갈고 다듬어진 것이기 때문에 거기에는 우리 민족의 생활이 있고, 이상이 녹아 있으며, 가치관과 정서가 깃들어 있다. 셋째, 창작동화는 정경 묘사나 성격 묘사가 많고 사건도 전래동화에 비하여 복잡한 편이다. 그러나 전래동화는 정경 묘사나 성격 묘사가 없고 줄거리 중심으로 되어 있다. 그리고 사건은 단순하면서도 명쾌한 경우가 대부분이다. 전래동화가 이러한 특성을 갖는 것은 전래동화가 기록문학인 창작동화와는 달리 말로 존재하고 말로 전달되고 말로 전승되는 구비문학이기 때문이다. 넷째, 창작동화가 상상을 바탕으로 하면서도 리얼리티를 소홀히 하지 않는 것과는 대조적으로, 전래동화는 상상 위주로 되어 있으며 우연의 일치, 천우신조, 불가사의한 인과관계를 바탕으로 구성되어 있다. 다섯째, 창작동화는 시간과 장소, 인물 설정이 구체적

인데 비하여 전래동화는 추상적이다. 이것은 전래동화의 서두가
'옛날에 어느 곳에 어떤 사람이 살았다'로 시작되는 것에 잘 나
타난다. '옛날'은 지금 이야기하고 있는 시간이 아닌, 막연한 과
거를 나타내는 말이다. '어느 곳'은 지금 이야기하고 있는 곳이
아닌, 또 다른 어떤 곳을 가리키는 것으로, 이것 역시 막연한 장
소인 것이다. 등장인물 역시 막연하게 표현된다. 때로는 '한 농
부', '노인 부부', '혹부리 영감', '마음씨 착한 동생', '부지런한 총
각' 등으로 표현되기도 하지만, 더 이상의 구체적인 표현은 없고
개성도 뚜렷하게 표현되지 않는다. 여섯째, 창작동화는 그 내용
과 주제를 어느 한 쪽으로만 한정하지 않고 폭을 넓혀 가는 것
이 특징이다. 그러나 전래동화의 주제는 대체로 권선징악적인
도덕률과 인과응보에 따르는 인과율에 의해 지배되고 있다. 일
곱째, 창작동화에 비해 전래동화에는 관용적 표현이 많고 사건
의 진행에서 대립과 반복의 형식이 많이 나타난다. 여덟째, 창작
동화가 어린이를 대상으로 하여 창작되어진 것인데 비하여, 전
래동화는 어린이는 물론, 청소년이나 어른들도 즐길 수 있는 내
용으로 되어 있다. 이것은 전래동화가 설화, 그 중에서도 특히
민담과 뿌리를 같이 하고 있기 때문이라고 하겠다(최운식·김
기창, 1998).

　이상에서 고찰한 바를 토대로 전래동화의 개념을 요약해 보
면, 전래동화는 전승문학 중에서도 동심을 바탕으로 하고 있고,
어린이에게 유익함을 주는 문학임과 동시에, 창작동화와는 달리
발생 과정 및 전승 과정의 특성으로 인해 우리 민족의 가치관
과 정서·사상을 바탕으로 하고 있다. 따라서 전래동화 텍스트
를 당시의 조상들이 자신의 생활과 시대 속에서 구성한 의미화
의 산물이라 보고, 그 의미를 구성하는 구조와 이해의 지평을

파악하고자 하는 해석학적 접근을 통하여 현대 사회의 유아들을 위한 근원적인 교육적 함의를 도출하고자 한다.

2. 한국 전래동화의 특성

전래동화는 작가에 의해 완성된 문학작품이 아니라 구전으로 떠도는 이야기, 특히 어린이들을 대상으로 하는 이야기로 주로 '옛날에…'로 시작되어 현실세계에서는 있을 수 없는 환상적이고 기이한 일들이 벌어지고, 결국 '…행복하게 오래오래 살았습니다.'로 끝나는 전형을 가지고 있다. '전래동화'라는 용어에 관한 뚜렷한 정의는 내려진 바 없지만 설화문학 연구에서 민담 중 일부를 전래동화로 지칭하거나 어린이 대상의 이야기로 전승된 것으로 파악할 뿐이다. 우리나라에서는 일반적으로 상고시대에서 조선시대 갑오경장 이전에 발생하여 전해 내려오는 옛 이야기들을 전래동화라고 한다. 우리나라의 전래동화들은 주로 삼국유사나 삼국사기의 설화나 그 밖에 구전되어 오는 민담 등에 기초하고 있다.

한국 전래동화의 특성을 설명하기에 앞서 먼저 전래동화가 다른 구비문학과 구별되는 특징을 살펴보면 다음과 같다(장덕순 외, 1971).

첫째, 전래동화는 구전된다. 전래동화의 구전은 일정한 몸짓이나 창곡과 관련 없이 보통의 말로써 이루어지는데 이것은 이야기의 구조에 힘입어 가능하게 된다. 전래동화의 구전은 구절구절을 완전히 기억해서 이루어지는 것이 아니고, 핵심이 되는 구조를 기억하고 이에 화자 나름대로의 수식이 첨가되어 이루어진다. 전래동화는 구전에 적합한 단순하면서도 잘 짜여진 구조를 지니며 표현 역시 복잡하지 않다. 전래동화는 구전된다는 특성으로 말미암아 보존과 전달 상태가 가변적이다. 그러므로 전래동화는 한 유형의 이야기일지라도 사람에 따라 그 내용이 조금씩 다를 수밖에 없다. 심지어는 같은 사람이 같은 유형의 이야기를 하더라도 경우에 따라 조금씩 다르게 이야기하게 된다.

둘째, 전래동화는 산문으로 되어 있다. 전래동화는 보통의 말로써 구연되며 구체적인 율격은 지니고 있지 않다. 다만, 전래동화의 어느 부분에 율문, 즉 노래가 들어갈 수 있는 정도이다.

셋째, 전래동화는 구연 기회에 제한이 없다. 전래동화는 언제, 어디서나 이야기를 하고 들을 수 있는 분위기가 이루어지면 구연할 수 있는 것이다. 구비문학의 갈래 중 일정한 기회에 구연되는 노동요, 무가, 가면극 등과는 다르다.

넷째, 전래동화는 반드시 화자(話者)와 청자(聽者)의 대면 관계에서, 화자가 청자의 반응을 의식하면서 구연된다. 전래동요는 스스로 즐기기 위하여 혼자 부르기도 하지만, 전래동화는 혼자 구연하지 않는다. 따라서 전래동화는 화자와 청자의 대면관계가 이루어져야만 구연되는 것이다.

다섯째, 전래동화의 화자는 화자로서의 자격 제한이 없고 일정한 수련을 요하지도 않는다. 전래동화의 화자는 한 번 들은 이야기를 옮길 수 있는 정도의 기억력을 갖춘 사람이라면 누구나 가능한 것이다. 그러기에 전래동화는 수수께끼, 속담 등과 함께 널리 향유되는 구비문학의 장르인 것이다.

여섯째, 전래동화는 구비문학의 여러 장르 중에서 문자로 기재될 수 있는 기회를 가장 많이 가진다. 이는 전래동화가 양반이나 지식인을 포함해서 누구나 즐길 수 있는 것이기 때문이기도 하지만, 문자로 기재되어도 변질될 가능성이 비교적 적기 때문이라 하겠다.

한편, 한국의 전래동화는 다른 나라의 전래동화와는 차이가 있다. 한상수(1972)는 한국 전래동화의 특성을 다음과 같이 지적하였다. 내용적 특성으로는 첫째, 민중의식이 깃들어 있다. 주로 평민층의 의식을 보여주는데, 주로 특권층에 대한 항변을 풍자적으로 나타내고 있다. 예를 들면 <해와 달이 된 오누이>에서 호랑이는 횡포자에 대한 풍자라고 볼 수 있다. 둘째, 교육성이 강하다. 다른 나라의 전래동화보다 효도나 우애, 은혜 등을 강조하고 있다. 예를 들면 <나무꾼과 선녀>는 은혜를 포함하고 있고, <북두칠성이 된 오누이>는 효도를 포함하며, <의좋은 형제>는 형제간의 우애를 포함하고 있다. 셋째, 서민의 애환이 담겨 있다. 주로 의·식·주와 같은 인간 삶의 근본적인 문제를 해결하기 위한 내용이 나타나 있다. 예를 들면 <심청전>, <흥부 놀부>, <해와 달이 된 오누이> 등이 있다.

형식적 특성으로는 첫째, 서두와 결말에서 공통적인 관용적 표현을 사용한다. 이러한 표현은 독자에게 흥미를 주는 것과 동시에, 그럴 듯하게 느끼게 하는 효과가 있다. 둘째, 등장 인물의 활동을 시간 순서에 따라 전개시킨다. 이야기의 내용을 시간 순서에 따라 배열함으로써 이야기를 하는 사람도 듣는 사람도 쉽게 말하고 들을 수 있으며 기억을 용이하게 해준다. 셋째, 연쇄적인 형식과 누적적인 형식으로 되어있다. <좁쌀로 장가 든 총각>, <할머니와 호랑이> 등에 이러한 형식이 나타나 있다. 넷째, 대립법, 반복법, 의인법, 소거법이 많이 쓰인다.

또한 김인애(1985)는 한국 전래동화의 특성을 다음과 같이 지적하였다. 첫째, 3회 반복의 법칙을 가지고 있다. 둘째, 선과

악이 대결하며 과제 부여와 과제 해결이 있고, 은총 받은 주인
공이 등장하며 말한 대로 이루어지고 결핍에서 시작하여 충족
으로 끝나고 있다. 셋째, 현실세계와 환상세계가 구분되어 있지
않고, 그 두 세계는 서로 자유롭게 드나들 수 있도록 열려 있다.
따라서 현실세계와 초자연적 세계의 인물이 거리낌 없이 만나
고 관계를 맺는다. 넷째, 다양한 마력이 자유롭게 구사되기는 하
지만 서양의 것에 비해 마력의 이용이 적다. 다섯째, 유교적 윤
리관이 빈번히 개입된다. 이 때문에 동화는 현실적이 되며 마력
적인 느낌이 제거되는 경우가 많다. 예를 들어, 어려운 처지에서
도움을 받는 경우의 대부분은 효성이 지극하거나 정성이 지극
한 경우이다. 여섯째, 악에 대해 적극적으로 싸우는 서양의 전래
동화에 비해, 악에 대해 소극적으로 대처하며 악인의 처벌에는
관대한 양상을 보여준다. 일곱째, 현실에 대한 관념은 비극적이
고 염세적인데 비하여 천상이나 지하 등 초 현실의 세계는 화
려하고 풍요로운 살기 좋은 곳으로 묘사된다.

요약하자면, 한국의 전래동화는 민중의식이 깃들어 있고 유교
적 윤리관이 포함되어 있으며 교육성이 강하고 연쇄적·누적적
형식을 취하고 있다. 따라서 전래동화에 대한 해석학적 접근을
통해 이러한 윤리관 및 민중의식, 당대의 교육관 등의 의미를
깊이 있게 분석하여 제시한다면 현대의 어린이들을 위한 보다
더 가치롭고 풍부한 교육이 가능할 것이다.

한편, 위에 제시한 한국 전래동화의 특성에 비추어볼 때 우리
나라 전래동화가 지니는 교육적 성격을 제시하면 다음과 같다
(최운식·김기창, 1998).

첫째, 전래동화는 상상력의 소산이므로 전래동화의 청자나 독
자는 이를 통하여 상상력을 기를 수 있다. 상상력은 현실로부터

의 해방을 맛보게 해주고 보상적 만족을 주며 새로운 창조를 가능하게 하는 중요한 사고 능력이다.

둘째, 전래동화는 말로 표현된 것이므로 청자나 독자는 이를 통하여 언어 능력을 기를 수 있다. 특히 전래동화는 구연을 통하여 전달되는 경우가 많으므로 말하기·듣기 능력 신장에 중요한 몫을 한다.

셋째, 전래동화 속에는 우리 조상들이 겪어 온 삶의 다양한 체험, 사상, 감정, 지혜, 용기, 가치관 등이 용해되어 있다. 그러므로 전래동화의 청자나 독자는 이를 통하여 문학적 체험을 풍부히 함은 물론 한국인다운 삶의 여러 가지 방식을 배우며 한국적 정서와 가치관을 함양하고 심화시켜 나갈 수 있게 된다.

넷째, 전래동화는 청자나 독자들에게 흥미를 불러 일으켜 즐거움을 주면서 동시에 교훈을 준다. 그러므로 전래동화의 청자나 독자는 이를 통하여 즐거움과 함께 충·효·우애·신의 등의 윤리적인 교훈을 얻을 수 있고, 인생이 무엇이며 어떠한 삶을 어떻게 살아야 할까를 배우게 된다. 특히 전래동화의 주인공들은 대부분 일상적인 인물들로 여러 가지 어려움을 극복하고 행복을 쟁취한다. 전래동화의 이러한 구성은 어린이들에게 고난 극복의 의지를 가지고 적극적인 삶을 살아가도록 가르쳐 준다.

다섯째, 전래동화 속에는 우리 조상들의 풍속·습관·생활·사상·신앙 등이 녹아 있고 우리 조상들의 꿋꿋한 힘과 슬기, 빛나는 지혜, 소박한 꿈 등이 용해되어 있다. 그러므로 전래동화의 청자나 독자는 이를 통하여 전통문화를 계승, 발전시켜 나갈 수 있을 것이다.

여섯째, 전래동화는 구연을 통하여 전달되는 경우가 많은데, 구연은 화자와 청자의 대면(對面)이 필수적이다. 전래동화의 이

러한 전달과정에서 화자와 청자의 인간관계가 넓어진다. 어린이
는 할아버지·할머니·아버지·어머니를 비롯한 가족, 선생님,
친척, 친지, 친구 등과 전래동화를 주고받으며 이들의 따스한 사
랑과 훈훈한 인정을 체감하게 된다. 이처럼 어린이는 전래동화
의 수수(授受)를 통하여 사랑과 신뢰를 바탕으로 한 따스한 인
간관계를 심화시켜 나가게 된다.

Ⅳ. 한국 전래동화에 대한 해석학적 이해

한국 전래동화를 이해하고자 하는 본 연구는 앞의 Ⅱ장에서 전래동화에 대한 선이해로부터 출발하였다. 텍스트의 의미 이해는 텍스트에 대한 연구자의 선이해와 후이해가 순환적 심화 과정 속에서 수정, 발전하는 인식의 성숙 과정인 동시에, 텍스트의 고정된 의미 구조에 대한 설명적 차원의 분석과 아울러 텍스트가 연구자의 이해 지평과 만나 심화, 확대된 의미 지평을 구성하는 이해적 차원이 순환하는 다층적이고 복합적인 인식의 흐름이다. 이에 따라, 본 장에서는 텍스트의 의미에 대한 인식의 차원을 새롭게 열어 가는 선이해와 후이해의 순환을 포함하는 과정과, 동시에 텍스트의 설명적 차원과 이해적 차원의 순환이 이루어지며 텍스트의 의미가 깊어지는 과정을 다룬다. 우선, 전래동화의 고정된 의미 구조에 대한 설명적 차원의 분석을 제시하고, 그 다음으로 심화된 이해 지평 속에서 결집된 의미를 주제별로 제시한다.

1. 전래동화의 의미구조 분석

본 절에서는 전래동화의 의미 구조를 먼저 주제별로 분류·분석하고, 이 주제를 구성하는 텍스트의 서술 구조와 서술 기능을 관련지어 분석하기로 한다.

본 연구에서 대상이 된 102편의 한국 전래동화를 그 표면적 중심주제를 중심으로 분류한 결과 모두 5가지의 유형과 13가지의 주제8)로 나타났다. 주제 내용과 해당 편수 및 제목은 다음 〈표 Ⅲ-1〉과 같다.

---

8) 이 주제별 유형 분류별에서는 한 편의 동화가 여러 주제를 내포하는 경우가 상당 수 있어 전래동화 한 편을 여러 주제 유형으로 분류할 수도 있겠으나, 분석의 편의상 연구자에게 가장 우선적으로 떠오르는 주제 하나씩만으로 묶어 살펴보고자 한다.

〈표 Ⅲ-1〉 한국 전래동화의 주제 분류표

번호	주 제		제 목	편 수 (순위)
1.	기 지, 유머형	1) 지혜, 기지	거짓말쟁이 사위 보기, 금돼지와 사슴가죽, 나무 그늘을 판 부자, 나이 자랑, 다시 찾은 옥새, 도둑을 뉘우치게 한 선비, 두꺼비와 꾀 많은 게, 땅 속 나라 도둑 귀신, 망두석 재판, 며느리 뽑기 시험, 세 가지 시험 문제, 세상에서 제일 무서운 것, 슬기로운 아이, 어린 원님, 이야기로 잡은 도둑, 임금님 빰친 사람, 차돌 깨무는 호랑이, 토끼의 꾀, 할머니 호랑이 잡기, 훈장님의 곶감, 흉내 도깨비	21 (1)
		2) 단순한 재미	거울 이야기, 끝 없는 이야기, 진지 담배, 초 이야기, 초상집 찾은 바보 아들, 호랑이 뱃 속 구경	6 (7)
		3) 행 운	돌부처에게 비단을 판 바보, 뒹굴어서 벼슬한 농부, 떡보 만세, 세 가지 유물, 요술 방망이, 춤추는 호랑이, 호랑이와 곶감	7 (5)
2.	지식형	4) 유 래	개미 허리가 가는 이유, 견우 직녀, 닭 쫓던 개, 멸치의 꿈, 벼룩·이·빈대, 선녀 바위, 연오랑과 세오녀, 울산 바위, 참새와 파리, 토끼 꼬리, 할미꽃	11 (2)
3.	훈계형	5) 착한 사람에게는 복을	나무 도령, 도깨비 방망이, 두 아이의 머슴살이, 머리 아홉 달린 괴물, 소금을 만드는 맷돌, 여우 수건, 연이와 버들잎 소년, 우렁이 각시, 해와 달이 된 오누이, 황금덩이와 구렁이	10 (3)
		6) 욕심부리지 않기	도깨비 감투, 말하는 남생이, 부자가 된 소금장수, 요술 부채, 요술 항아리, 원숭이 재판, 젊어지는 샘물, 호랑이와 두꺼비, 혹부리 영감	9 (4)
		7) 인과응보	불씨, 원숭이 엉덩이, 쥐에게 얻어맞은 날짐승, 호랑이와 여우	4 (9)
		8) 근 면	소가 된 게으름뱅이	1
		9) 정 직	임금님 귀는 당나귀 귀	1
		10) 신 의	구렁덩덩 신선비, 나무꾼과 선녀, 잉어공주	3(10)
4.	보은형	11) 효	고려장 이야기, 상제는 노래하고 중은 춤추고, 아들 삶은 효자, 청개구리, 호랑이가 된 효자, 효성스러운 호랑이, 효자리 마을	7 (6)
		12) 보 은	개와 고양이, 은혜 갚은 까치, 은혜 갚은 두꺼비, 은혜 갚은 호랑이, 호랑이와 나그네	5 (8)
5.		13) 기 타	들쥐의 둔갑, 장님과 귀신, 당나귀 알, 떡은 누구의 것, 두꺼비 신랑, 코 없는 할아버지와 입 큰 할머니, 금강산 호랑이, 여우 누이와 세 오빠, 백일홍, 호랑이 처녀의 사랑, 네 장사, 두더지의 사위, 반쪽이, 소금장수와 여우, 자린고비, 진짜 친구, 형제 구슬	17
총				102

위 표에 나타난 바와 같이 한국 진래동화는 크게 5가지의 유형과 13가지의 주제로 나타났다. 그 중에서도 가장 보편적인 주제는 "현명함·지혜·재치·기지"이다. 그 밖에 "동식물의 유래", "착한 사람에게는 복을", "욕심부리지 않기", "행운", "효" 등이 있는데, 이 주제에 해당되는 동화들은 연구대상 동화의 절반에 해당할 정도로 많은 부분을 차지하였다. 그 외에 단일 개념으로 통합되기 불가능한 동화들은 "기타"로 묶어 표에 제시하였다.

이제는, 기타 유형으로 분류된 전래동화와 한 주제에 소수의 동화만이 해당되는 경우를 제외하고, 빈도 순위가 높은 동화들의 표면적 중심주제를 중심으로 설명의 차원에서 출발하여 점차 연구자의 이해의 지평을 넓히는 과정으로 들어가고자 한다.

1) 주제 1: 지혜(智慧), 기지(奇智)

<망두석 재판>, <다시 찾은 옥새>, <슬기로운 아이>, <세 가지 시험문제>, <차돌 깨무는 호랑이> 등의 동화들은 인간의 지혜로운 행위와 현명함의 다양한 사례들을 보여준다. 이들 동화의 대부분은 위기에 처한 주인공이 갖가지 기지를 발휘하여 위기를 모면하고 더러는 행운까지 얻게 된다는 내용을 다루고 있다. 그 대표적인 사례인 <차돌 깨무는 호랑이>를 살펴보자.

> <차돌 깨무는 호랑이> 줄거리
> 옛날에 열 살 난 아들과 어머니가 살고 있었는데, 어느 날 스님이 아이의 얼굴을 보고 열 두 살이 되면 호랑이에게 잡아먹힐 것이라고 한다. 스님은 목숨을 살릴 수 있는 방법이라며, 찰떡을 만들고 찰떡과 똑같이 생긴 차돌을 모은 다음 호

랑이에게는 찰떡이 아닌 차돌을 주고, 아이는 호랑이 앞에서
찰떡을 맛있게 먹으라고 알려준다. 아이가 열 두 살 생일이
되었을 때 정말 호랑이를 만나게 되고, 스님이 알려준 대로
하자 차돌을 먹다가 이가 부러진 호랑이는 아이가 찰떡을 맛
있게 먹는 모습을 보며 아이에게 잡아먹힐지도 모른다고 생
각하고는 멀리 도망을 친다.

이 동화의 줄거리가 드러내는 표면적인 중심 주제는 찰떡과
차돌의 유사성을 이용하여 위험한 동물인 호랑이로부터 아이를
구해 내는 스님의 "지혜"이다. 이러한 액면적 주제 너머에서 발
견되는 의미 구조는 위험한 동물이 자주 출몰하는 산골을 배경
으로 하여, 무기력하기만 한 어머니와 아이, 불가사이한 혜안을
지닌 도인으로 인식되어 온 스님의 존재와, 위험스러우나 아둔
하며, 인간과 같은 음식을 즐기는 것으로 의인화된 호랑이의 존
재로 구성된 단순한 기승전결의 구조이다. 우선, 위기가 발단되
는 단계에서 저항이 불가능한 힘있는 존재(도깨비, 원님, 호랑
이, 고집 센 아버지 등)의 횡포나 위협이 등장한다. 이에 맞서는
주인공들은 대개 무력한 위치에 처한 아동이나 여인, 가난한 자,
머슴, 당하기만 하고 살아온 민중을 대표하는 "마을 사람들"이
다. 그 다음 단계에서는 어리고 무력한 위치의 주인공이 기지를
고안해 내거나 초월적인 힘이나 혜안을 지닌 제 3의 존재의 도
움을 받게 된다. 이는 주로 스님, 할아버지, 노인, 원님, 산신령
등이다. 이들은 본능적이거나 충동적인 인간의 일차적 모습은
없고, 지혜롭고 총명하고 현명한 현인의 모습으로, 무력하나 선
한 주인공의 위치에 서서 위기를 극복할 수 있는 지혜나 꾀를
알려 준다. 갈등이 해결되는 단계에서는 모든 동화의 사례에서
위험이 제거되기만 하는 것이 아니라 복과 행운이 함께 하는

해피 엔딩으로 제시된다. 이 때 제공되는 복이나 행운은 주인공들이 평소 누리지 못한 꿈, 즉 공주나 매우 부자인 아내를 맞이하거나9) 호랑이를 잡거나10) 큰 부자가 되거나 장원급제, 벼슬을 얻거나11) 등이다.

여기에서 알 수 있는 것은 비록 지혜나 기지를 주제로 한 동화 내용이지만 사실은 힘의 논리로 대립되는 이분법적 구도의 인물 설정과, 권선징악의 신앙적 논리로 제공되는 주인공의 변신(갑작스런 기지 발견으로)이나 초월적 존재의 등장이 주제를 구성하는 기본 의미 구조라는 점이다. 일상 세계에서 억압되고 무력한 민중들이 어느 날 갑자기 무력한 위치에서 변신하여 압제자를 굴복시킬 수 있기를 바라며, 그러한 것을 표현하고 있다고 볼 수 있다.

따라서, 지혜나 기지를 주제로 한 내용 이면에는 억눌린 자가 느끼는 평소의 위기 의식과, 이상적인 피안의 세계를 꿈꾸는 비현실적이지만 자유로운 백일몽 같은 환상이 존재하고 있다. 또한 이러한 동화에 나타난 지혜 또는 기지의 개념은 인간의 성숙되고 깊은 지혜인 경우와 함께, 당면한 현실문제를 매끈하게 풀어나갈 수 있는 기지, 때로는 허무맹랑하게 들리지만 꿈의 세계에서는 얼마든지 가능한 임기응변의 해결책들, 압제자를 속이거나 골탕먹이는 장난기 어린 재치(마치 아동이 뒤 편에서 손뼉치고 웃고 있는 듯한) 등도 나타난다.

이러한 예는 <슬기로운 아이>, <거짓말쟁이 사위 보기>, <나무 그늘을 판 부자>, <다시 찾은 옥새>, <망두석 재판>, <며느

---

9) 이에 해당하는 동화에는 <거짓말쟁이 사위 보기>, <땅 속 나라 도둑 귀신>, <며느리 뽑기 시험> 등이 있다.
10) 이에 해당되는 동화에는 <세상에서 제일 무서운 것>이 있다.
11) 이에 해당되는 동화에는 <다시 찾은 옥새>가 있다.

리 뽑기 시험>, <세 가지 시험 문제>, <어린 원님> 등을 비롯한
많은 동화들에서도 나타난다.

이번에는 <거짓말쟁이 사위 보기>, <며느리 뽑기 시험>의 줄
거리와 내용적 구조를 살펴보자. 먼저 줄거리를 간략히 제시해
본다.

<거짓말쟁이 사위 보기> 줄거리
옛날에 딸 하나를 둔 욕심쟁이 농사꾼이 새경을 주지 않고
머슴을 부릴 수 있는 방법을 궁리하다가 일 년 동안 농사를
지어 주고 일 년이 지나 거짓말을 해서 자기를 속이는 총각
을 사위 삼겠다고 소문을 낸다. 그러나 몇 해를 공짜로만 머
슴을 부리던 욕심쟁이 농사꾼에게 한 소금장수 총각이 찾아
오고, 일 년이 지나 거짓말 시험을 치르게 되는데, 소금장수
는 기지를 발휘하여 농사꾼을 속이고 그 딸과 결혼하게 된다.

<며느리 뽑기 시험> 줄거리
훌륭한 아들을 둔 김진사는 좁쌀 한 말과 쌀 한 말로 한 달
동안 살 수 있는 처녀를 뽑아 며느리로 삼겠다고 한다. 몇 해
가 지나도 적합한 처녀가 없었으나, 어느 날 복실 아가씨가
김진사 집을 찾아온다. 복실 아가씨는 동네에서 일감을 맡아
다가 부지런히 일을 하고 살림을 알뜰하게 잘 하여 김진사의
마음에 들고 결국 그 집의 며느리가 된다.

위의 두 편의 동화에서는 모두 부자이면서 욕심쟁이인 한 사
람이 각기 사위와 며느리를 고르는 과정이 주된 내용이다. 표면
적인 주제는 모두 욕심 많은 권력자에게 기지와 꾀를 발휘하여
행운을 거머쥐게 된다는 것이지만, 두 동화에서 공통적으로 가
장 두드러지는 부분은 바로 혼인할 당사자가 상대를 고르지 않
고 아버지가 일방적으로 상대를 고른다는 것과, 그 기준이라는

것이 모두 "돈을 아낄 수 있는" 사람을 찾는다는 것이다. 특히
<거짓말쟁이 사위 보기>에서는 딸을 위해 진중하게 사윗감을
고르는 아버지의 모습이 아니라, 단지 새경을 주지 않고 무임금
으로 노동할 수 있는 머슴을 부리기 위한 거짓 조건으로 제시
된다. 그리고 결국 사윗감으로 선택된 자는 그 교묘한 술수를
잘 읽어내고 지혜로운 기지로 부자를 속인 다음 억지 행운을
얻게 된 자이다.

이렇듯 이 주제에서 드러내는 지혜나 기지 등은 진정한 의미
에서의 지혜로움이라 할 수 있는 경우와 순간의 기지, 타인의
약점을 노리는 꾀 등을 통해 얻게 되는 가벼운 기지와 재치의
개념 등이 모두 나타나 있다고 할 수 있다.

2) 주제 2: 유래

2번째 주제 유형으로 분류된 것은 동식물의 생김새12), 속담13),
지명 및 고장14), 절기15) 등의 여러 가지 유래들을 다루고 있다.
여기서 말하는 바는 단순한 발생적 유래만이 아니라, 그 안에 교
훈적 내용들을 담고 있는 것들이 대부분이다. 따라서 여기서 분
류된 것은 그 교훈적 내용으로 본다면 다른 주제별 유형에 포함
시킬 수도 있는 다양한 내용들을 포함하고 있다고 볼 수 있다.
그러나 연구자는 그 안에 담겨진 교훈적인 주제가 아닌, 보다 표
면적으로 나타난 특성인 "유래"로 묶어 살펴보고자 한다.

---

12) 이에 해당되는 동화에는 <개미 허리가 가는 이유>, <멸치의 꿈>,
　　<참새와 파리>, <토끼 꼬리>, <할미꽃> 등이 있다.
13) 이에 해당하는 동화에는 <닭 쫓던 개>가 있다.
14) 이에 해당하는 동화에는 <선녀 바위>, <울산 바위> 등이 있다.
15) 이에 해당하는 동화에는 <견우 직녀>가 있다.

여러 가지 다양한 유래들 중 가장 많이 다루어지는 것이 동식물 생김새의 유래에 관한 것들로, 대부분 원인 및 결과의 단순한 구조로 이루어져 있다. 뿐만 아니라 다른 내용의 유래를 담고 있는 동화들도 이러한 단순한 인과적 관계로 구성되어 있는 것이 대부분이다. 이러한 측면을 잘 보여주는 동화를 제시하면 다음과 같다.

<개미 허리가 가는 이유> 줄거리
옛날의 개미는 오늘날과는 달리 아주 게을렀다고 한다. 게으른 개미들은 토끼 등에 붙어서 토끼의 피만 빨아먹고, 토끼는 아무 일도 하지 않고 자기의 등에서 피만 빨아먹는 개미들을 떼어낼 궁리를 하다가 맛있는 것을 주겠다고 하자 개미들은 얼른 등에서 내려온다. 밥을 들고 뛰어 가는 토끼를 쫓아가지 못하는 개미들은 머리를 써서 두 편으로 나누어 먹이를 찾아보기로 하고, 그러다 보니 의외로 맛있는 것을 많이 찾게 된다. 그 때부터 개미들은 열심히 일하게 되었지만 너무나 배가 고파서 허리띠를 졸라매어 잘록해진 허리는 영영 돌아오지 않았고, 눈도 잘 보이게 된 개미는 그 이후로 더듬이로 먹이를 찾게 되었다고 한다.

이 외에도 <참새와 파리>16), <토끼 꼬리>17) 등의 동화를 통

---

16) <참새와 파리> 줄거리
어느 여름날, 참새가 파리 한 마리를 잡아 먹으려고 따라다니자, 파리가 자기를 잡아 먹으려는 이유를 묻는다. 참새는 파리가 더러운 똥을 누고 다니고, 사람들의 음식을 빨아 먹으며, 낮잠을 잘 때 사람들에게 날아가 앉아 귀찮게 하니 잡아먹어야겠다고 한다. 그러자 파리는 참새야말로 사람들이 농사를 지으면 곡식을 모조리 까먹으니 나쁘다고 하며 싸운다. 둘은 까치에게 가 잘못을 가리기로 하는데, 까치는 둘 다 잘못이 있다며 야단치고 참새에게 회초리를 친다. 참새가 깡총깡총 뛰어다니는 것은 그 때 맞은 다리가 아팠기

해서도 역시 다양한 에피소드를 통해 각 동물들의 현재 모습이 생겨난 유래를 이야기하고 있는데, 이 두 동화는 앞의 <개미 허리가 가는 이유>가 지닌 교훈성보다는 단순한 재미를 강조하는 특성을 보인다.

이번에는 <할미꽃> 동화의 구조를 자세히 들여다보기 위해 먼저 간략한 줄거리를 제시한다.

<할미꽃> 줄거리

옛날에 홀어머니와 딸 삼 형제가 살았는데, 이 집은 살림도 넉넉하고 식구들이 화목하여, 남부럽지 않게 잘 살았다. 세월이 흘러 딸들을 시집 보내면서 살림이 거덜나게 되었고, 어머니는 딸들이 떠나고 혼자 남아 외로와 하였다. 어머니는 더 이상 먹고 살 수가 없게 되자, 딸들 집에 차례로 찾아가지만 첫째 딸과 둘째 딸네 집에서 문전박대를 당하고 마지막으로 막내 딸 집 앞에 도착하여 추운 겨울날 숨을 거두게 된다. 막내딸은 어머니를 양지 바른 곳에 묻고 장사를 지내게 되고, 그 자리에서 낯선 꽃이 한 송이 피어나는데, 사람들은 막내딸을 그리워한 늙은 어머니의 넋이 꽃이 되었다고 생각하고 이

―――――――――――――――

때문이며, 파리가 지금도 싹싹 비는 것은 그 때 까치 재판장에게 잘못을 빌었기 때문이다.

17) <토끼 꼬리> 줄거리

어느 날 수달이 금강산 구경을 떠난다. 산 속에서 수달은 난생 처음으로 호랑이와 마주치게 되고, 잡아먹히지 않으려고 호랑이 가죽을 구하러 신령님이 보낸 것이라고 거짓말을 한다. 놀란 호랑이는 수달에게 속아 도망치고, 이를 본 토끼는 호랑이에게 수달이 거짓말을 한 것이라고 알려준다. 그래도 마음이 놓이지 않는 호랑이는 토끼의 꼬리와 자신의 꼬리를 맞매어 놓은 다음 토끼를 앞세우고 수달에게 간다. 수달은 토끼에게도 거짓말로 큰소리를 치고, 이 말을 들은 호랑이는 다시 도망을 간다. 호랑이의 꼬리와 맞물려 있던 토끼의 꼬리는 이 때 마구 끌려가다가 꼬리 밑동이 끊어져 짧아졌다고 한다.

꽃을 할미꽃이라 부르게 되었다.

이 동화를 보면, 홀어머니와 딸 삼 형제가 주인공으로 등장한다. 이는 우리나라 전통사회에서 아버지(남편)도 없고, 아들도 없는 것이 정상적인 생활을 영위함에 매우 부족한 조건이라는 것을 암시하는 것으로 보인다. 이 동화의 주인공들은 그럼에도 불구하고 살림도 넉넉하고 가족 간에도 화목한 것으로 묘사되었지만, 결국은 이것이 가족 간의 행복을 보장해 주는 조건이 아니라는 점을 보여준다. 이는 할미꽃의 본디 꽃말인 "슬픈 추억"과 깊은 연관을 지닌 내용이라고 하겠다.

다음의 동화는 '닭 쫓던 개 지붕 쳐다본다' 라는 속담이 생겨난 유래를 이야기로 풀어내고 있다. 또한 속담의 내용뿐만 아니라 닭, 소, 개 등의 생김새가 만들어진 유래도 에피소드를 통해 이야기하고 있다.

> <닭 쫓던 개> 줄거리
> 옛날에 쌀알을 쪼아먹는 수탉에게 황소가 서로 정답게 지내자고 하나 수탉은 건방지게 잘난 척 한다. 그 모습을 본 개가 끼어 들어 수탉과 언쟁을 벌이다가 수탉이 지붕 위로 풀쩍 날아 올라가고, 개는 수탉을 놓진 것이 너무도 분하여 계속 지붕만 보며 멍멍 짖어댄다. 황소 역시 화가 나서 쿵쿵 땅을 구르다가 황소의 발굽이 두 갈래로 찢어졌다. 닭의 볏이 톱날처럼 삐죽삐죽한 것은 이 때 개에게 물어뜯긴 이빨 자국이며, 소의 발굽이 둘로 갈라진 것도 이 때부터다. "닭 쫓던 개 지붕 쳐다본다"는 속담이 이 때부터 생겨났다고 한다.

한편, 지명 및 고장의 유래를 다루는 동화는 다른 유래들이 등장하는 동화에 비해 보다 더 설화적이고 신비한 도교적 세계관이 잘 나다난다. 천상의 세계와 지상의 세계가 공존하고 자연스럽게 상호 교통하는 신비스러운 모습을 통해 우리 주변의 세계가 만들어진 것에 경이로움과 신비함, 그리고 흥미로움을 느끼게 된다. 또한 이러한 구조적 장치는 인간과 더불어 함께 하는 자연에 대한 환상을 갖게 하는 역할로써 작용한다.

<선녀 바위> 줄거리
옛날에 마음씨 착한 바위라는 총각이 있었는데, 나이 서른이 되도록 장가를 들지 못하고 혼자 살고 있었다. 어느 해 단오날, 하늘에서 선녀가 내려 와 바위 총각의 집에서 머무르게 된다. 선녀는 하느님한테 벌을 받아 일 년 동안 세상에 내려오게 되었는데, 하늘의 부름이 있으면 다시 올라가야 한다고 한다. 일 년이 지난 5월 단옷날, 하늘의 부름이 있지만, 선녀와 바위 총각은 서로 부둥켜안고 떨어질 줄을 모르고, 이 모습을 본 하느님은 불같이 화를 내며 두 사람에게 벼락을 친다. 벼락이 무섭게 친 자리에는 서로 끌어안은 두 사람이 커다란 바위가 되었고, 그 때부터 사람들은 그 바위를 선녀바위라고 부르게 되었다.

<울산 바위> 줄거리
옛날에 하느님이 강원도에 만 이천 봉으로 된 아름다운 금강산을 만드시려고 전국에 있는 바위들을 모두 불러모았다. 이때 경상도 울산 땅에 있는 바위가 금강산으로 향해 가는데, 강원도 양양 쯤 이르렀을 때 이미 금강산 만 이천봉이 다 만들어졌다는 소식을 듣고, 속상해 하며 그냥 설악산에 주저앉고 말았다. 이 소식을 들은 울산의 원님은 양양 원님에게 가울산 바위의 세를 물라고 한다. 고민하는 양양 원님을 본 아들이 재치를 발휘해 울산 원님에게 자기들은 그 바위가 필요 없으니 도로 가져가라고 하고, 울산 원님은 그 무거운 바위를 가져갈 재간이 없으니, 그저 양양 원님 아들의 재치에 아무

말도 못하고 돌아갔다. 설악산 울산 바위는 이렇게 해서 생긴
것이라고 전해진다.

　"선녀바위", "울산바위"는 현재 우리나라에 존재하고 있는 이
름난 바위들이다. 실제 존재하는 사물 또는 지역에 대한 설화는
어린이들의 상상력을 풍부하게 하고 호기심을 충만하게 하며,
미지의 세계에 눈을 뜨게 하는 역할을 한다.

　특히 <선녀바위>에서는 마음씨가 착하고 가난한 노총각이 하
늘의 세계에 있는 선녀와의 애틋한 사랑을 하는 것으로 묘사되
는데, 이는 앞서 말한 바와 같이 현실적으로는 불가능해 보이는
천상세계와 지상세계의 공존과 자유로운 왕래를 가능하게 하는
신비적이고 환상적인 요인이 된다고 볼 수 있다. 이에 관한 사
상적인 측면은 다음 장에서 보다 깊은 논의를 하고자 한다.

　이번 작품은 우리나라에 오래 전부터 전해 내려오는 "칠월
칠석"의 유래를 알 수 있는 내용의 동화이다. 먼저 간략한 줄거
리를 제시한다.

　　<견우 직녀> 줄거리
　　하늘나라 임금이 직녀라는 딸 하나를 두었는데, 얼굴이 예쁘
　　고 마음씨도 착하고 매우 영리했다. 직녀는 견우와 결혼하게
　　되고 행복하게 살지만, 임금은 견우가 마음에 들지 않았다.
　　임금은 견우와 직녀를 떨어져 살도록 하여 견우는 동쪽으로,
　　직녀는 서쪽 하늘로 귀양을 보내고 1년에 한 번, 칠월 칠석날
　　밤에만 만날 수 있도록 한다. 견우와 직녀는 서로를 매우 그
　　리워 하다가 칠월 칠석이 되었고, 마침내 은하수에서 만나게
　　되는데, 은하수가 너무나 넓은 데다가 다리도, 배도 없어 만
　　날 수가 없음을 알고 크게 슬퍼한다. 그 때 세상의 모든 까마
　　귀와 까치들이 다리를 놓아 견우와 직녀가 서로 만날 수 있

게 도와주고, 그 이후로 해마다 칠월 칠석이 되면 모두 모여 견우와 직녀를 위해 은하수에 다리를 놓아준다. 은하수에 놓아주는 이 다리를 "오작교(烏鵲橋)"라 하고 칠월 칠석이 지나면 까마귀와 까치의 머리가 벗어지는 것도 다리를 만들어 견우와 직녀가 걸어 다닐 수 있도록 하기 때문이라 한다.

위의 동화는 우리가 잘 알고 있는 "칠월 칠석"의 유래에 관한 내용으로, 이 동화의 구조 역시 앞의 <선녀 바위>나 <울산 바위>에서처럼 현실의 세계와 천상의 세계가 서로 상호 교통하고 중첩되는 세계관을 드러냄으로써 다른 동화들에 비해 현실에서 벗어난 환상적이고 상상적인 양상으로 표현된다.

이렇듯, 한국 전래동화에서 "유래"를 다루는 내용들에서는 현실에서 탈피한 미지의 세계와 환상의 세계를 자유로이 넘나드는 내용적 구조를 통해 여러 가지 사물이나 사건 등의 발생에 관한 내용들을 신비롭게 표현하고 있음을 공통적으로 살펴볼 수 있다.

3) 주제 3: 착한 사람에게는 복(福)을.

표면적 주제 측면에서 다음으로 많이 나타나는 것이 "착한 사람은 복을 받는다"는 내용이다. 이를 위해서는 대부분 매우 가난하고 마음씨가 착하며 얼굴이 예쁜 주인공이 등장한다. 또한 단순한 행운이 아닌, 오래 기다린 후에 얻게 되는 복, 또는 무던한 노력을 한 후에 좋은 결과를 얻게 되는 내용이 대부분으로, 아무런 노력이나 대가도 치르지 않고 얻게 되는 우연한 행운과는 다르다고 볼 수 있다.

한편 이 주제에서는 착한 사람과 못된 사람을 대립적으로 보여주는 이분법적 구조가 등장하는 경우와, 착한 사람은 복을 받지만 반대로 악한 사람에게는 벌이 내려진다는 것을 보여준다. 이 극단적인 유형의 사람에게 동일한 조건의 상황이나 사건이 발생하게 되고, 이를 어떠한 마음가짐과 태도로 받아들이고 처신하는가에 따라 서로 상반된 결과가 나타남을 보여줌으로써 선과 악에 있어서의 권선징악을 그대로 잘 드러내고 있다. 이렇게 전래동화에서는 복잡한 갈등구조나 섬세한 심리묘사는 거의 찾아볼 수 없고, 단순한 사건과 단순한 해결방법만이 등장한다.

다음에 이에 해당하는 동화 몇 편을 제시해 본다.

<도깨비 방망이> 줄거리
옛날에 형제가 살고 있었는데, 형은 욕심이 많고 불효했으며, 아우는 마음씨가 착하고 효성이 지극했다. 하루는 아우가 깊은 산 속에 갔다가 도깨비를 만나지만 운 좋게 살아나고 금방망이와 은방망이를 가지고 온다. 아우는 그 방망이로 큰 부자가 되고, 정승 딸의 병도 고쳐 주고 결혼도 한다. 한편, 아우를 흉내낸 욕심쟁이 형은 도깨비들에게 얻어맞고, 아우는 형을 데려다가 극진히 간호한다. 그 후 형은 잘못을 뉘우치고 착한 사람이 된다.

<두 아이의 머슴살이> 술거리
옛날에 매우 가난한 복동이와 길동이가 살고 있었다. 둘은 대감집에 가서 부지런히 머슴살이를 하며 3년을 보낸다. 머슴살이의 마지막 날, 대감은 둘에게 새끼를 꼬아 달라고 하고, 복동이는 부지런히 새끼를 꼬지만, 길동은 어차피 그만 둘텐데 열심히 할 필요가 없다 하며 성의 없이 새끼를 꼰다. 다음 날 대감은 각자가 꼰 새끼에 엽전을 꿸 수 있는 만큼 꿰어서 가지라며 선물을 내리고, 가늘게 새끼를 꼰 복동이는 엽전을 가득 꿰지만, 새끼를 굵게 꼰 길동은 엽전을 가지지 못한다.

<소금을 만드는 맷돌> 줄거리
어느 마을에 소금장수와 나무꾼이 살았는데, 머리에 이고 있
는 맷돌을 대신 져 달라는 어느 할머니의 부탁을 소금장수는
차갑게 거절을 하고, 나무꾼은 착한 마음으로 도와 드린다.
할머니는 나무꾼에게 돌리기만 하면 원하는 것이 나오는 맷
돌을 주게 되고, 덕분에 나무꾼은 부자가 된다. 한편, 이를 알
게 된 소금장수가 맷돌을 훔쳐 배를 타서는 맷돌을 돌리며
소금이 나오라고 한다. 맷돌은 멈출 줄을 모르고 계속해서 소
금이 나오고 결국 배가 가라앉아 소금장수는 죽고 만다. 바닷
물이 짠 것은 지금도 맷돌이 돌아가면서 소금을 쏟아 내기
때문이라고 한다.

위의 세 이야기는 모두 착하거나 또는 부지런한 자에게는 복
을 주고, 그렇지 않은 자에게는 벌이 주어진다는 대립적 구조이
다. 또한 이 주제의 동화에 등장하는 주인공들은 모두가 착하고
가난하다는 특성을 동시에 지니고 있음을 알 수 있다. 착하면서
부자이거나, 가난하면서 악한 등장인물들은 모두 주인공들을 부
각시키기 위한 보조적이면서 대별적인 장치로서의 인물로만 간
간이 등장할 뿐이다.
이 중에서 <두 아이의 머슴살이>를 보면, 매우 가난하지만 부
지런한 두 주인공(복동, 길동)이 등장하고 이들은 3년 간 성실
히 일을 했음에도 그 정당한 대가를 지불 받지 못한다. 그럼에
도 불구하고 이들은 '김대감'으로 상징되는 상층 권력에 맞서지
못하고 부당한 대우에 무조건 수긍하는 모습으로 묘사된다. 이
들은 당연히 받아야 될 몫을 받지 못해도 권력층의 지시가 더
중요한 가치관이라는 생각을 한다. 이는 출생시 부여받은 계급
구조를 그대로 따랐던 바뀔 수 없었던 전통사회의 신분구조를
정당화하는 장치로서의 역할을 하고 있는 것으로 볼 수 있다.

이어서 <연이와 버들잎 소년> 동화를 살펴보기로 한다.

<연이와 버들잎 소년> 줄거리

옛날에 연이라는 아름다운 소녀가 살고 있었는데, 어려서 어
머니를 잃고 마음씨 나쁜 계모와 함께 살고 있었다. 어느 추
운 겨울날 계모는 연이에게 산나물을 캐어 오라고 하고 연이
는 한겨울에 산나물을 캘 곳을 찾아 이리저리 돌아다니면서
도 전혀 불평이 없다. 어둠과 추위를 피해 깊은 굴로 들어간
연이는 그 안에서 바윗돌을 밀어 보고는 그 안쪽으로 널따란
푸른 들판과 푸른 채소 등이 가득한 곳을 발견하게 된다. 초
가집 안에서 나온 한 잘생긴 소년은 연이에게 산나물을 많이
주게 되고, 위급한 일에 쓰도록 물병 세 개를 준다. 계속해서
산나물을 뜯어오는 연이를 수상하게 여긴 계모는 연이를 미
행하여 소년을 죽이고, 다시 연이에게 산나물을 캐오라 한다.
연이가 다시 그 굴로 가보니 소년이 불에 타 죽어 있었고, 연
이는 소년이 주었던 물병 세 개를 이용해 소년을 살려낸다.
다시 살아난 소년은 연이와 함께 손을 잡고 하늘 나라로 가
서 부부가 되어 행복하게 잘 살게 된다.

이 동화에서도 역시 극단적인 이분법적 대립의 구조를 취하
고 있다. 보통의 인간이 그러하듯 착하면서도 악한, 악하면서도
착한 면을 가진 주인공이 아닌, 매우 착한 주인공과 매우 악한
인물을 등장시켜 이야기의 이해를 보다 쉽게 하는 기능을 한다.
여기서 등장하는 '계모'는 대부분의 동서양 동화에서 등장하는
이미지대로 매우 악하고 교활한 인간상으로 묘사된다.

한편, <연이와 버들잎 소년>에는 숫자 '3'(물병 세 개)이 등장
한다. 이 숫자 '3'은 이 동화 외에도 우리나라의 여러 전래동
화18)에서 빈번하게 등장하는 숫자이다. 우리나라 전통사회에서
의 셋은 '다(多)'의 의미이다. 셋은 하늘, 사람, 땅을 포괄하는

숫자이며, 또한 신계, 자연계, 인간계 내지는 바람, 비, 구름 등 우주의 모든 것을 포괄하는 숫자이기도 하다(박현국, 1995). 또한 서낭당을 지나며 돌을 얹고 소원을 빌 때에도 세 개를 얹는다거나, 여우가 사람으로 변신하기 위해 재주를 세 번 넘는다거나 하는 것도 역시 우리나라 전통 문화 속에 빈번히 등장하는 부분이다. 이렇게 볼 때 이 동화에 등장하는 물병 "세 개"는 우리나라 전통사회에서의 무속적 사상을 담고 있는 숫자임을 알 수 있다. 과학적이거나 합리적인 근거는 없지만, 위의 동화에서는 세 개의 물병을 통해 천(天)·지(地)·인(人)의 힘을 합일하는 완성적 의미를 암시하고 있다고 볼 수 있다.

다음에서 한 편의 동화를 더 살펴보자.

　　<해와 달이 된 오누이> 줄거리
　　옛날 아주 가난한 집에 떡장수 어머니와 어린 두 남매가 살고 있었는데 어느 날 어머니가 떡을 팔러 갔다가 집으로 돌아오는 길에 호랑이에게 잡혀 먹히고 만다. 호랑이는 어린 남매들이 있는 집으로 가 어머니 흉내를 내며 아이들까지 잡아먹으려 한다. 어린 남매는 호랑이를 피해 대나무 위로 올라가고 따라 올라오는 호랑이를 보며 하늘에 기도를 한다. 그 때 하늘에서 튼튼한 동아줄을 내려 주어 남매는 하늘로 무사히 올라가게 되고, 호랑이에게는 썩은 동아줄을 내려 주어 땅에 떨어져 죽고 만다. 하늘로 올라간 오누이는 각각 해와 달이

---

18) 이러한 숫자 '3'의 의미는 <나무꾼과 선녀>, <두 아이의 머슴살이>, <세 가지 시험문제>, <세 가지 유물>, <여우 누이와 세 오빠>, <은혜 갚은 까치>, <호랑이와 나그네> 등의 동화에서도 잘 나타난다. 특히 <은혜 갚은 까치>에서는 죽음의 위기에 처한 선비가 절간의 종이 '세 번째' 울리는 순간 구렁이로부터 간신히 죽음의 위기를 모면하고 살아남는 것으로 묘사되고 있어, 당시 전통사회에서 숫자 3의 의미를 매우 신성한 것으로 생각했음을 읽어낼 수 있다.

되어 온 땅을 밝게 비추었다.

위에 제시한 이야기는 자식들을 위해 고생하는 한국적 어머니상과 선한 어린 남매, 그리고 포악하고 간교한 호랑이가 등장하여 흥미 있는 사건을 구성한다. 또한 죽음을 눈앞에 둔 어린 남매의 간절한 기도와 이 기도에 대한 응답으로 내려온 동아줄, 그리고 이 동아줄을 타고 하늘로 무사히 올라가는 남매의 모습은 어린이들에게 위안과 안도의 편안함을 제공한다. 그 외에도 해와 달의 내력을 풀어내는 점에서는 신화적 성격을 다분히 내포하고 있는 등 다양한 내용적 구조를 통해 권선징악(勸善懲惡)의 주제를 흥미롭게 잘 제시하고 있다.

또 하나의 유형에서는 위에서처럼 양극단의 인물을 통해 상반된 결과를 보여줌으로써 주제를 강조하는 방법이 아닌, 보다 간결하게 '착한 사람이 복을 받는 것'만 드러내고 있다.

또한 대가나 노력 없이 얻게 되는 행운과 복이 아닌, 어려움을 이겨내는 인내와 수고, 그리고 희생이 선행되는 경우가 대부분이다. 다음에 제시하는 <나무도령> 동화도 이와 같은 경우에 해당된다.

<나무 도령> 줄거리

옛날에 계수나무와 선녀가 서로 사랑하여 결혼을 하고 아들을 낳았다. 어느 날 선녀는 하늘로 올라가고 나무와 아들만 남게 되었는데, 심한 홍수가 나자 나무는 아들을 태우고 비를 피해 계속 흘러간다. 가는 도중 개미떼와 모기들, 그리고 아이 하나를 가엾게 여겨 함께 태워주게 되고, 나무도령은 후에 개미와 모기의 도움으로 영리하고 예쁜 처녀를 아내로 맞게 된다.

여기서는 심한 홍수와, 아내(또는 엄마)가 부재한 나무와 아들이 이야기의 중심이 된다. '심한 홍수'는 주인공들의 어려운 역경을 상징하는 것으로 주인공인 나무와 아들은 이 홍수로 인해 자신들의 목숨도 언제 어떻게 될지 모르는 위험에 처하게 된다. 그럼에도 불구하고 그들은 자신의 어려움 극복에 도움이 되기는커녕 오히려 방해가 되거나 더욱 더 극한 상황에 몰리게 만들 수도 있는 존재들인 개미, 모기떼, 아이에게 기꺼이 도움의 손길을 내민다. 이렇듯 자신들보다 어쩌면 훨씬 더 약한 존재들, 그리고 자신들에게 결코 도움이 되지 않을 존재를 위해 위험을 무릅쓰고 아무 대가도 바라지 않은 채 그들을 구해준다. 그리고 그들은 결국 살아남은 것뿐만 아니라 예쁜 처녀를 아내로 맞는 행운과 복을 받게 된다. 이렇듯 착한 마음씨와 남을 먼저 배려하는 마음, 그리고 희생하는 마음, 자비심이 먼저 있고 나서야 복을 받게 된다는 점을 나타내, 결코 거저 얻는 복은 없다는 점을 내비치고 있다.

이어서 이번에는 <머리 아홉 달린 괴물>의 구조를 보다 구체적으로 살펴보자.

<머리 아홉 달린 괴물> 줄거리
옛날에 머리 아홉 달린 괴물이 살았는데, 어느 날 선비네 집에 들어가 선비의 아내와 여동생을 데리고 달아났다. 원수를 갚기 위해 괴물을 찾아가던 길에 선비는 한 할머니를 도와 드리게 되고, 할머니는 동삼을 주며 선비에게 힘을 준다. 다시 길을 가던 중 만난 할아버지는 선비에게 은장도를 주고, 고목 나무의 재를 준비해 가라고 한다. 마침내 괴물이 사는 곳에 도착한 선비는 은장도와 나무의 재를 이용해 괴물을 죽이고 아내와 여동생을 구해내고 괴물이 훔친 금은보화는 마

을 사람들에게 모두 나누어준다.

위의 <머리 아홉 달린 괴물>은 신이담(神異談)19)이라고 할 수 있다. 또한 여기에 등장하는 괴물은 구두적(九頭賊)으로, 이 때 9는 3의 배수로서, 여기에 하나가 더해지면 숫자는 다시 시작되므로, 하나가 부족한 듯하면서도 사실상 숫자의 끝, 최대 혹은 최고치이다. 따라서, 구두적, 구미호(九尾狐), 구중궁궐 등에서 9의 의미는 다수를 뜻하며(조희웅, 1996), 현실에서 도저히 이겨낼 수 없는 대적 불가능한 힘을 지닌 것으로 상징된다.

이 이야기에서는 '선비'로 상징되는 평범한 주인공이 자신의 노력과 의지로 어려움을 극복하고 불가능해 보이는 과업을 훌륭하게 성취해 낸다. 이 주인공의 의지와 노력은 연약하고 아름다운 두 여인을 구해내고 이에 더하여 많은 부(富)도 함께 누리게 된다는 다소 통속적인 내용을 담고 있지만, 이것이 아마도 전통사회의 우리 서민들이 추구하는 가장 행복한 삶의 원형이었을 것이라고 보인다. 특히 이 이야기를 통해 어린이들은 주인공인 선비에게 강한 동일시를 추구하게 될 것이며, 결국 고난이나 역경을 용기로써 극복해 내고, 아울러 약해 보이는 선과 매우 강할 것으로 보이는 악의 대립에서 결국은 선이 승리하게 된다는 심리적인 만족감을 주게 될 것이다.

이번에는 아래에 제시하는 <우렁이 각시>의 내용적 구조를 보다 구체적으로 살펴보자.

---

19) 신이담(神異譚)은 조희웅(1996)의 설화분류표에 의한 항목으로, 그는 신이담을 '현실에서는 절대로 일어날 수 없는 상상적인 초인들의 이야기'라고 설명한다.

<우렁이 각시> 줄거리

옛날에 아주 사이가 좋은 부부가 있었는데, 아내가 갑자기 죽게 되었다. 농부는 농사일을 하며 "이제 아내도 없으니 농사를 지어 누구하고 먹고사나" 하며 슬피 우는데, 그 때 "나하고 먹고살면 되지" 하는 소리가 들린다. 주위를 가만히 돌아보니 아주 커다란 우렁이가 있어 농부는 그것을 들고 집으로 와 밥도 먹이고 깨끗한 물에 잘 넣어 둔다. 다음 날부터 일을 하고 돌아오면 늘 밥상이 차려져 있고, 이상히 여긴 농부는 어느 날 몰래 숨어서 지켜보는데, 우렁이를 담아 둔 항아리 속에서 예쁜 색시가 나와 밥상을 차려 놓고 다시 항아리 속으로 들어가는 것이었다. 색시는 원래 하늘에 살던 선녀인데 죄를 지어 땅으로 쫓겨 온 것이며 앞으로 며칠 더 깨끗한 물에 몸을 더 씻어야 완전한 사람이 된다고 말한다. 그 날부터 농부는 정성스런 마음으로 항아리의 물을 깨끗이 갈아주게 되고, 닷새 후에 완전한 사람이 된 우렁 각시와 결혼하여 행복하게 살았다.

이 동화는 우렁이와 인간의 교혼(交婚)에 관한 이야기를 통해 성실하게 때를 기다리며 착실한 마음으로 임하면 복을 받게 되는 교훈을 주고 있다. 특히 정성스러운 마음으로 기다리며 최선을 다하여 금기사항을 지키기 위한 농부의 노력이 행운을 얻기 위한 전제 조건으로 제시되고 있다. 이렇듯, 앞서 제시한 동화들에서와 마찬가지로 인간의 행운은 거저 얻어지는 것이 아니고, 그만큼의 노력과 기다림이 필요한 것임을 알 수 있는 부분이다. 어려움이나 불행이 닥쳤을 때, 낙담한 상태로만 있거나 소극적으로 상황에 임하거나 또는 인내 부족으로 금기사항을 지키지 못했다면 결코 얻어질 수 없었던 행운이었던 것이다. 이 이야기에서 농부는 적극적으로 금기하며 기다리는 마음으로 고난을 극복하고, 결국 그로 인해 매우 귀한 행운을 얻게 된 것이라고 볼 수 있다.

그런데, 교혼(交婚)의 대상으로 우렁이가 선택된 이유는 무엇일까? 최운식·김기창(1998)에 의하면, 그것은 우렁이가 달동물(luner animal)이기 때문이라고 본다.

전통적인 민간사고에서는 달을 생생력(fertility)을 지닌 최고의 존재로 본다. 생생력을 지닌 최고의 존재인 달은 가끔 달과 같은 속성을 지닌 동물로 형상화되어 나타나기도 한다. 이러한 동물을 달동물이라고 한다. 우렁이는 고동, 달팽이와 마찬가지로 껍질 속에 들고 나는 점이 기울고 차는 달의 이미지와 관련되어 있다. 달이 영속하는 부활 내지 재생의 상징이듯이 이들도 언제나 부활과 재생을 상징한다. 육지에 사는 달 동물-예를 들면 곰, 뱀, 토끼 등과 같이-에 비하면 더구나 이들은 물에 살거나 물과 인연이 깊어 물로 해서 그 달동물로서의 생생력이 배가(倍加)된다. 따라서 생생력의 상징체로 민간에 널리 인식되었던 달동물이 예쁜 색시로 변하여 인간과 교혼하는 것은 달동물이 지닌 생생력의 설화적 표현이라 하겠다.

그리고 우렁이는 형태면으로나 생태면으로 여성적인 요소를 지니고 있다. 또, 우리의 생활 주변에 서식하고 있어서 자주 대할 수 있었다.

이러한 이유로 해서 우렁이는 이 이야기에서 가난한 농부의 교혼 대상으로 선정되어 이야기 구성상 중요한 기능을 하게 된 것으로 분석할 수 있겠다.

이 주제에 해당하는 여러 전래동화들을 종합해볼 때, 착한 사람에게 복을 주는 내용의 동화에서는 전래동화의 등장 인물상의 보편적 특징인 착한 사람과 악한 사람의 대립적 인물 묘사가 매우 두드러지는 측면이 나타난다고 볼 수 있으며, 또한 '가

난힌 자＝착한 지＝부지런한 자' 라는 등식과 '부자＝악한 자＝
게으른 자'라는 등식이 모두 성립되는 구조를 지니고 있음을 파
악할 수 있다.

4) 주제 4: 욕심부리지 않기

사람의 욕심이란 끝이 없다고 한다. 우리나라 전래동화에서는
이러한 인간적 본능을 경계하고, 최소한만의 욕심을 가질 것을
권한다. 재물을 탐하는 자는 결국 빈털터리가 되고 마음을 선하
게 쓰는 사람은 마침내 부자가 된다는 가르침을 드러내고 있는
작품 하나를 예시해본다.

> <말하는 남생이> 줄거리
> 형과 아우가 살았는데 형은 욕심이 많아 아버지가 세상을 떠
> 난 후 남은 재산을 모두 차지하고 동생에게는 조금도 나누어
> 주지 않았다. 얼마 후 어머니와 누이동생마저 모시고 살게 된
> 동생은 설에 쓸 음식과 설빔을 사기 위해 나무를 하다 혼자
> 말로 신세를 한탄한다. 착한 동생은 말하는 남생이를 만나 살
> 림이 나아져 걱정 없이 지내게 되며 형에게 맞아 죽은 남생
> 이를 정성스럽게 묻어 준다. 그 곳에서 한 그루의 나무가 자
> 라 맺은 열매 속에서 금, 은, 보석이 쏟아져 큰 부자가 된다.
> 욕심 많은 형도 동생을 흉내내다 사람들로부터 욕만 실컷 얻
> 어먹자 홧김에 남생이를 죽이고, 열매 속에서 쏟아진 돌멩이,
> 썩은 개숫물에 혼이 나고서야 잘못을 뉘우친다.

위에 제시한 <말하는 남생이> 외에도 <부자가 된 소금장수>,
<요술 항아리>, <혹부리 영감> 등의 동화는 모두 착한 마음씨
를 지닌 사람이 복을 받고, 그를 보고 욕심에 가득 찬 마음으로

동일행동을 모방하는 자에게는 벌을 내린다는 상반된 결과를 보여주는 동일한 구조를 가지고 있다. <말하는 남생이> 동화에서 남생이가 복을 준 것은 아우의 착한 마음씨와 늘 성실하고 부지런하게 일을 하는 태도 때문이다. 욕심이 많고 사악한 형은 동생에게는 한 푼도 나누어주지 않고 모든 부(富)를 혼자 누리며, 이에 더하여 더 많은 욕심을 부린다. 형이 한 동생의 모방 행위는 행동 그 자체는 동일한 것일지라도 그 마음 자세가 매우 사악하고 의도적인 것이었기 때문에 서로 상반된 결과로 나타났다. 이를 통해 전래동화에서는 겉으로 나타나는 행동이 아닌 그 이면에 숨겨진 근본적인 마음이 더욱 중요함을 강조하고 있음을 알 수 있다. 이러한 내용은 앞에서 살펴본 "착한 사람에게는 복을 준다"는 주제의 동화에서 보여지는 인물 및 사건의 특성과 매우 유사하다.

한편 또 다른 동화에서는 욕심이 많은 사람이 착한 사람들의 도움을 받아 다시 새로운 착한 삶을 살아가는 내용을 다루고 있기도 하다. 다음의 동화를 보자.

<젊어지는 샘물> 줄거리
욕심이 많고 심술궂은 홀아비 할아버지가 살았는데, 이 할아버지는 남을 속이기도 하고 빼앗기도 하여 모든 동네 사람들에게 미움을 받았다. 하지만 마음씨 착한 할아버지만은 이를 미워하지 않고 오히려 가엾게 여겼다. 마음 착한 할아버지가 나무를 하러 갔을 때 파랑새 한 마리가 알려주는 대로 길을 따라 가서 샘물을 마셨는데, 이것을 마셨더니 갑자기 젊어지고 기운도 세어져, 덕분에 일도 많이 하고 예전보다 훨씬 넉넉하고 행복하게 살 수 있게 되었다. 한편 이를 알게 된 욕심쟁이 할아버지가 이 사실을 알고 그 샘물로 가 지나치게 욕심을 내며 샘물을 많이 마셔 아주 어린 아기가 되었고, 이를

본 마음씨 착한 할아버지 부부가 이 아기를 데려다 길러 그
아기도 나중에는 착한 아기가 되었다.

이 동화에서는 욕심이 많고 사악한 할아버지가 샘물을 마시
고 젊어진 이웃의 착한 노인을 보고 그대로 모방하였다가 오히
려 정반대의 결과를 가져옴을 보여준다. 그러나 이 욕심 많은
할아버지의 삶에는 새로운 기회가 부여된다. 이 할아버지는 물
론 욕심을 부리다가 스스로 행운을 놓치는 자업자득(自業自得)
의 형편에 놓이기는 하지만, 이 할아버지가 샘물을 많이 마신
것은 그 자체로 다른 사람들에게 피해를 주거나 불이익을 주는
행동은 아니었다. 그러한 측면을 고려하여 이 욕심 많은 할아버
지에게 새 삶을 살 수 있는 한 번의 기회가 더 주어진 것이라
고 보아진다.

이 외에도 안분지족(安分知足)할 줄 모르는 사람들에 대한
경계를 드러내기도 하는데, 다음의 동화가 이러한 예에 해당한
다고 할 수 있다.

<도깨비 감투> 줄거리
옛날 서울 남산골에 갓을 만드는 가난한 할아버지가 있었는
데, 어느 날 도깨비로부터 쓰기만 하면 다른 사람들에게 모습
이 보이지 않는 신기한 감투를 하나 받게 된다. 이것을 쓰고
할아버지는 계속 도둑질을 하게 되는데, 어느 날 담뱃불이 떨
어져 감투 한 군데가 구멍이 나서 붉은 점 모양이 난다. 동네
사람들은 붉은 점이 나타나기만 하면 가게의 물건이 없어진
다는 사실을 알고 기다렸다가 그 붉은 점을 향해 몽둥이로
두들겨 팬다. 할아버지는 피투성이가 되어 집으로 돌아온다.

이렇듯 우리나라 전래동화에서는 만족할 줄 모르는 삶, 타인의

행운과 성공을 질시하며 자신의 욕심을 끊임없이 채우려는 삶에 대한 경계를 드러내기 위해 선(善)으로 상징되는 인물과 악(惡)으로 상징되는 인물을 극단적으로 대비하여 제시하고 있다. 또한 이러한 인물 특성은 비단 이 주제에서 뿐만 아니라 여러 가지 다양한 주제들에서도 잘 드러나는 부분임을 알 수 있다.

5) 주제 5: 행운

행운을 중심 주제로 다루고 있는 대부분의 동화는, 지극한 정성이라든가, 쓴 기다림이라든가 하는 특별한 노력 없이도 좋은 결과를 받게 되는 내용을 다루고 있다. 우연한 행동이 뜻밖의 기회나 행운을 가져다 주어 즐거움을 얻게 되는 것으로, 앞의 "착한 사람에게는 복을"이라는 주제와 그 결말은 비슷할지라도 복을 받게 되는 결과에 이르는 과정은 매우 다르게 묘사된다.

다음의 동화를 보자.

<돌부처에게 비단을 판 바보> 줄거리
옛날에 인자한 어머니와 바보 아들이 살고 있었는데, 이 아들이 비단장사를 하게 된다. 어머니는 말 많은 사람은 남을 잘 속이므로, 말 없는 사람에게 비단을 팔라고 한다. 아들이 비단 장사를 나가 돌부처를 보고, 어머니가 말한 말 없는 사람이라 생각하고 외상으로 비단을 주고 온다. 며칠을 외상값을 받으러 갔다가 허탕을 친 바보는 화가 나서 돌부처를 세게 흔들고, 돌부처가 넘어진 자리에는 수많은 금덩어리가 들어 있다. 이를 가지고 온 바보 아들은 어머니를 모시고 행복하게 살았다.

<뒹굴어서 벼슬한 농부> 줄거리
옛날에 바보처럼 고지식한 농부가 있었는데, 어느 날 나무를

해 산을 내려오는데 관가의 높은 벼슬아치의 행차가 다가오고 있었다. 그러나 농부는 나뭇짐이 너무 크고 무거워 얼른 비킬 수가 없었고, 나졸이 그를 길 옆으로 힘차게 밀어 젖혀서 논바닥에 엉덩방아를 찧게 된다. 어떻게 하면 큰 벼슬을 해서 원수를 갚을 수 있을까 고민하는 농부에게 노인 하나가 서울로 올라가서 3년 동안만 길 위를 뒹굴뒹굴 구르면 된다고 말한다. 농부는 그 말을 믿고 서울로 올라가 하루종일 길 위를 굴러다니고, 어느 날 이 소문을 들은 임금이 그 농부에게 가서 계속 뒹굴뒹굴 굴러다니는 이유를 묻는다. 농부는 높은 벼슬을 하기 위해서라고 하고 임금이 "그렇다면 임금도 좋으냐"고 묻자, 어찌 감히 임금을 가지고 그러냐며 따귀를 친다. 대궐로 돌아온 임금은 그 농부가 한 번 생각한 일을 일편단심으로 해 내는 용기를 가진 자라며 닷 새 동안 벼슬을 내리라고 한다. 닷 새 동안 벼슬에 오른 농부는 닷 새 후에 벼슬을 내 놓고 다시 예전의 생활로 돌아간다.

이 동화 뿐 아니라 "행운"을 주제로 하는 대부분의 동화는 서민이나 혹은 바보같이 보잘 것 없는 주인공들이 등장한다. 이들은 모두 지혜로운 자이기보다는 어리석고 모자란 인물로, 가지지 못하고 소외된 서민 계층의 불만을 대리적으로 표출해내는 역할의 인물이라고 할 수 있겠다.

또한 이들의 생활배경은 모두 가난하고 가진 것 없지만 성실하고 우직한, 그리고 착한 마음을 갖고 있는 자들이라는 커다란 공통점을 지닌다. 또한 앞서 말한 바와 같이 이들은 모두 대단한 노력이나 희생, 인내 등으로 인해 행운을 얻는다기보다는 우연한 기회로 뜻하지 않은 복을 거머쥐는 행운을 갖게 된다. 이는 당시 서민들의 답답하고 막혀있는 일상적 삶에 대한 돌파구로서의 희망을 뜻하는 것이라고 보아진다.

이번에는 다음에 제시하는 <세 가지 유물>과 <요술 방망이>

동화를 살펴보자.

> <세 가지 유물> 줄거리
> 옛날 어느 가난한 아버지가 세 아들을 모아 놓고 유언을 하며, 큰아들에게는 맷돌을, 둘째 아들에게는 표주박과 대지팡이를, 막내에게는 장구를 각각 유물로 준다. 세 형제는 각기 받은 유물을 이용해서 모두 큰 부자가 되고 의좋게 잘 살게 된다.

> <요술 방망이> 줄거리
> 어느 가난한 집 나무꾼 아이가 바보 도깨비에게 부자가 되게 해 달라고 소원을 말한다. 도깨비는 아이에게 당나귀 한 마리를 주고, 아이는 기뻐하며 집으로 돌아가다가 잠시 주막에 당나귀를 맡기고 쉬게 된다. 다음 날 주막집 주인은 아이에게 당나귀가 없어졌다고 거짓말을 하고, 아이는 다시 도깨비에게 가서 무엇이든 나오라고 하면 다 나오는 신기한 책보를 받게 된다. 그런데 책보도 역시 당나귀와 마찬가지로 없어지게 된다. 마지막으로 도깨비는 아이에게 방망이를 주며 주막집 주인에게 "때려라 방망이!"라고 하면 무엇이든지 나오는 방망이라고 말하게 한다. 다음 날 주인은 도깨비 방망이에 맞아서 죽고, 주막집 식구들은 다시는 이런 벌을 받지 않게 해 달라며 당나귀와 책보를 돌려준다. 아이는 그 뒤 큰 부자가 되어 행복하게 산다.

위에 제시한 <세 가지 유물>에서는 가난한 아버지가 세 아들에게 죽음을 앞두고 세 가지의 유산을 각기 나누어준다. 이 유산은 모두 초라하고 보잘 것 없는 것들이지만, 모두 요긴하게 사용되어 형제가 부유하고 행복한 삶을 사는 데 큰 자산이 된다. 이 유산 자체는 앞서 말한 바와 같이 전혀 귀함이 없는 것들이지만, 이 안에는 분명 가난한 삶을 물려주며 죽음을 맞이하는 아버지의 안타까움과 지극한 사랑, 그리고 정이 듬뿍 담겨 있었을 것이며, 이것이 바로 행운을 가져다 준 커다란 요인이 되었을 것이다. 이렇게 볼 때 위에 등장하는 행운이 앞서 말한 바와 같이 큰 인내와 수고의 결과로 얻어진 것은 아니지만, 그 안에는 이렇듯 아버지의 사랑이라든가 <돌부처에게 비단을 판 바보>에 등장하는 것과 같은 어머니의 수고로움과 걱정 등이 밑바탕 되고 있는 것임을 알 수 있다.

또한 "세 가지"의 유물에서 등장하는 숫자 '3'은 <요술 방망이> 동화에서도 유사한 기능을 한다. <요술 방망이> 동화에서는 '3'이라는 숫자가 표면적으로 등장하지는 않지만 가난한 아이가 도깨비를 통해 받게 된 선물은 '당나귀', '책보', '방망이' 이 세 가지이다. 그리고 주인공 아이는 이 선물들을 통해 우여곡절 끝에 극적으로 부자가 되는 행운을 거머쥐게 된다. 이를 통해 볼 때 가난한 아이가 신비한 존재인 도깨비에게 받은 선물의 수인 '3' 안에 이미 행운의 의미가 담겨 있으며, 두 편의 동화에서 모두 이러한 측면을 잘 드러내고 있다고 볼 수 있다.

다음에는 호랑이를 주인공으로 하는 두 편의 동화를 살펴보도록 한다.

<춤추는 호랑이> 줄거리
옛날에 피리를 잘 부는 나무꾼이 있었는데, 나무를 하러 깊은 산 속으로 들어갔다가 큰 호랑이를 만나게 되었다. 간신히 호랑이를 피해 나무 위로 올라간 나무꾼은 죽기 전에 마지막이라 생각하고 피리를 불게 되고, 무동을 타고 있던 호랑이들 중 맨 밑에 있는 무당호랑이가 그 피리 소리에 맞추어 춤을 추게 되어, 호랑이 무동이 무너지게 되었다. 나무꾼은 나무에서 내려와 계속 피리를 불며 산길을 내려가고 호랑이는 그것

도 모른 채 계속해서 피리소리에 맞추어 춤을 추고만 있다.

<호랑이와 곶감> 줄거리

옛날 깊은 산골에 엄청나게 큰 호랑이가 살고 있었는데, 겨울이 되어 마을로 먹이를 찾아 나섰다. 아이 우는 소리가 들리는 집으로 간 호랑이는 그 아이를 잡아먹으려고 한다. 한편 그 집 안에서는 어머니가 아이를 달래려고 "호랑이가 왔으니 울지 마라."고 하고 그 말을 들은 호랑이는 깜짝 놀란다. 그러나 아이는 울음을 그치지 않고 "여기 곶감 있다"라는 말에 갑자기 울음을 뚝 그친다. 호랑이는 곶감이라는 것이 자기보다 더 무서운 것이라고 생각하고 몸을 숨기는데, 갑자기 등에 묵직한 것이 떨어지자 곶감인 줄 알고 놀라 달아난다. 그러나 그것은 소도둑이었고 호랑이에게서 떨어질까봐 더욱 꽉 잡고 있는데 호랑이는 곶감이라는 것이 자기를 목 졸라 죽이려는 줄 알고 더욱 세차게 달린다.

위에 제시된 <춤추는 호랑이>에서는 피리 소리에 맞춰 춤을 추느라 나무꾼이 도망가는 줄도 모르는 어리석고 아둔한 호랑이의 모습을, 그리고 <호랑이와 곶감> 에서는 인간에 비해 훨씬 더 힘있는 존재로 생각되는 호랑이가 곶감이 무서워 멀리 도망가는 모습을 묘사함으로써 강자에 대한 해학적인 풍자를 보여준다. 이 두 동화에 등장하는 호랑이는 모두 인간 삶의 모습과 유사한, 즉 무동을 타고 피리 소리에 춤을 추고 어머니와 아이의 대화를 알아듣는 등의 행태를 보인다. 이는 곧 우리 조상들의 인간과 동물의 공존 개념을 그대로 드러내는 부분이라고 하겠다. 또한 언제나 강자에게 짓눌릴 수밖에 없었던 우리나라 서민들의 마음 한 켠을 후련하게 해주는 기능을 하는 부분으로, 이 이야기를 하면서 커다랗게 박장대소하는 서민들의 모습을 떠올릴 수 있는 부분이다.

이 "행운"을 주제로 하는 여러 가지 동화들을 종합해볼 때 등장인물들은 역시 가난한 자, 소외된 자를 비롯한 서민들, 그리고 강자를 빗대고 있는 호랑이 같은 동물들로, 다른 주제들과 인물 면에서 유사함을 보이고 있음을 알 수 있다.

6) 주제 6: 효도(孝道)

많은 전래 동화의 내용이 효 사상을 담고 있음을 볼 수 있다. 인간은 물론 말 못하는 짐승조차도 어머니가 죽은 슬픔을 잊지 못하고 따라 죽는다거나 심지어 자식의 목숨을 바쳐서라도 부모를 공양한다. 이처럼 효가 강조되어 있는 정도가 잘 나타난 작품을 제시해 본다.

<효성스러운 호랑이> 줄거리
한 젊은이가 나무를 하러 산에 들어갔다가 호랑이를 만나 잡아먹힐 형편에 놓이게 되자 호랑이에게 형님이라 부르며 넙죽 엎드린다. 호랑이가 이를 믿지 않자 형님이 아주 어릴 때 산에 들어가서 집에 돌아오지 않았는데 어머니 꿈에 호랑이가 되어서 집에 돌아오지 못하고 울고 있는 걸 보았다면서 눈물까지 흘린다. 호랑이는 자기를 잃어버린 어머니를 생각하면서 갑자기 마음이 언짢아진다. 그런 일이 있고 나서부터 호랑이는 보름마다 꼬박꼬박 산돼지를 뒤꼍에 갖다 놓는데, 그 이듬해 어머니가 죽고 산돼지를 갖다 놓는 일이 그치게 된다. 얼마 후 젊은이가 산에 나무를 하러 갔다가 꼬리에 하얀 헝겊을 맨 새끼 호랑이를 만나 알아보니 어머니가 돌아가신 뒤 그만 병이 나서 호랑이 어미가 죽었다는 것이다.

이러한 내용을 통해 우리 조상들이 얼마나 효를 중요시했는

가 하는 것을 단적으로 드러내고 있다.

다음에서 한 편의 동화를 더 살펴보도록 하자.

<고려장 이야기> 줄거리

옛날 어느 산골에 마음씨가 나쁜 사내가 병들고 늙은 아버지를 모시고 살았는데, 더 이상 모시고 살기가 싫어지자 아버지를 지게에 메고 산으로 올라가 버리려 한다. 뒤따라 간 할아버지의 손자는 흙바닥에 버려진 할아버지를 보고 잠시만 기다리시라 하고 도로 지게를 들고 집으로 돌아온다. 지게를 왜 도로 가지고 왔냐고 묻는 아버지에게 아들은 "잘 두었다가 아버지가 늙으시면 아버지를 갖다 버리려구요." 라고 한다. 이 말을 들은 아버지는 자신의 잘못을 크게 뉘우치고 산에 버렸던 아버지를 다시 모시고 와, 잘 봉양하며 살았다.

널리 알려진 바대로, 고려장 이야기의 주제는 '효(孝)'이다. 그러나 이 이야기를 통해 우리가 얼마나 많은 부분을 부모 중심으로 생각하고 있는가를 단적으로 알 수 있다. 이 동화에서 자신의 잘못을 뉘우치는 계기가 바로 자식이 자신에게 불효하게 될 것을 깨달았기 때문으로, 자신은 부모를 잘 모시지 않으면서 자식으로부터 효를 받으려는 행위에서 효에 관한 부모 중심주의의 사상이 잘 드러나고 있다.

또한 이 이야기를 통해 늙고 부담스러운 존재로 되어 버린 부모를 공경하는 것이 진짜 효도라는 가르침을 주고 있다. 아래에 <고려장 이야기>의 한 구절을 인용해본다.

…"에잇! 저 기침 소리, 듣기 싫어 죽겠군." 아들이 재떨이에 담뱃재를 털면서 못마땅한 듯 불평을 했습니다. "아이구, 나는 매일 똥오줌을 받아내요, 정말 지겨워 못살겠어요." 하고

며느리도 짜증을 내었습니다.… <고려장 이야기> 중에서.

　다음의 이야기에서는 효를 강조하기 위해 아들의 목숨까지 바치는 내용이 나타난다. 이에 해당하는 <아들 삶은 효자>의 일부분을 제시해본다.

　　…"얘야, 부엌으로 좀 들어오너라." 아버지는 미리 준비해 둔 밧줄을 꺼내 부엌으로 들어오는 어린 아들을 꽁꽁 묶었습니다. "왜 이러셔요, 아버지? 아파요. 풀어 주세요!" 어린 아들은 애타게 울부짖었습니다. 아버지는 눈물을 흘리면서, "용서해 다오. 네 할머니의 병을 고치기 위해서야. 제발 용서해 다오…….." 하고 아들을 밧줄로 묶은 채 큰 가마솥에 넣었습니다.… <아들 삶은 효자> 중에서.

　위에 제시한 <아들 삶은 효자>에서는 늙으신 어머니의 병을 고치기 위해 아들을 삶아 그 물을 드리기까지 하는 효의 개념을 제시하고 있다. 이러한 극단적인 강조를 통해 효의 필요성과 중요성을 전달하고 있는데, 이렇듯 많은 전래동화에서는 그 표면적인 주제를 드러내기 위해 상당히 극단적인 인물이나 사건 등을 제시하고 있음을 알 수 있다.
　이번에는 역시 효도를 강조하는 내용의 <청개구리> 동화를 살펴보자. 먼저 간략한 줄거리를 제시한다.

　<청개구리> 줄거리
　옛날에 엄마 말을 듣지 않고 무조건 반대로만 하는 청개구리가 살았는데, 어느 날 엄마가 병들어 죽게 된다. 엄마 개구리는 평생 자신의 말에 정 반대로만 행동했던 아들 청개구리를 생각하여 냇가에 묻어 달라고 하고, 엄마가 죽고 난 뒤 그 동

안의 자신의 잘못을 깨달은 청개구리는 엄마를 산에 묻지 않
고 냇가에 묻는다. 그 이후 비만 오면 엄마 개구리의 무덤이
떠내려갈까 걱정되어 개구리는 개굴개굴 운다고 한다.

<청개구리> 동화는 기본적으로 '부모님이 살아 계실 때 섬기
기를 다하라'는 내용의 메시지를 전달하고 있다. 평소에 부모님
말씀을 듣지 않고 늘 걱정만 끼쳐 드리다가 뒤늦게 후회하고
때늦은 효도를 하려 해도 그 때는 이미 부모님이 옆에 계시지
않을 것이라는 가르침을 주는 것이다.

위의 동화를 보면, 아들 청개구리가 엄마의 죽음을 눈 앞에
둔 상황에서 마지막으로 엄마의 청을 들어드리는 내용이 주를
이룬다. 이 이야기를 통해 자신 또는 타인의 죽음을 앞두고 지
나간 자신의 삶을 되돌아볼 때 후회하는 일이 없도록 평소에
바른 삶을 살아가라는 교훈적 의미를 전달하고 있는 것이다.

아들 청개구리의 행동은 그간의 잘못은 덮어두고 유교적 전
통에서 보면 마지막 어머니의 청을 들어드린 것이 당연한 행동
이자, 어찌 보면 그 동안의 행동에 대한 후회와 반성을 담고 있
는 것일 수 있다. 그러나 아들 청개구리는 단지 어머니 삶의 마
지막에서야 겨우 착하고 바른 아들의 모습으로 돌아간다. 이는
우리나라의 전통적 사유의 현세성을 읽을 수 있는 대목으로, 다
시 말해 죽음 이후의 삶에 대해서는 고려하지 않고, 다만 현실
세계에 발을 담그고 있는 이 시점만이 의미 있고 중요한 것으
로 간주되는 현세 중심의 세계관을 보여주는 것이다. 아들 청개
구리가 엄마의 죽음을 앞두고 자신의 그간 잘못을 뉘우치고 마
지막 효를 다 하는 것과, 엄마가 죽은 후 무덤가에서 돌아가신
어머니를 그리며 보내는 것은 부모가 돌아가신 후 3년 동안 그

뜻을 이으면 효지라 히였던 유교적 가치관을 드러내는 것이라고 볼 수 있다.

이 외에도 '효 사상'에 대한 지극한 감동을 담고 있는 <호랑이가 된 효자>와 <효자리 마을> 등의 동화가 있다. 이 두 편의 동화도 역시 인간이 아닌 동물-그 중에서도 호랑이-을 주인공으로 등장시켜 토테미즘 사상과 아울러 효에 관한 유교적 사상을 복합적으로 포함한다.

이처럼 '효'를 주제로 하는 동화들에서는 다른 주제에서처럼 인간 뿐 아니라 동물을 주인공으로 내세워 전래동화를 향유하는 서민들에게 동일시와 공감을 제공하는 역할을 함을 알 수 있다.

7) 주제 7: 단순한 재미

전래동화를 구성하는 중요한 요소 중 하나는 바로 재미와 즐거움일 것이다. 이 주제에서 나타나는 특징은 어떤 교훈적인 내용이라든가 동화를 통한 깨달음, 또는 뉘우침 같은 것들을 의식하기보다는 그저 이야기를 통해 단순히 재미와 즐거움을 얻도록 한다는 점이다. 이러한 내용의 동화들을 보면, 단순한 말장난, 깊이 생각하지 않고 가볍게 들을 수 있는 내용들이다. 이를 통해 변화 없고 따분한, 그리고 무기력한 서민의 일상에서 작은 재미를 찾고자 했던 우리 조상들의 생각을 엿볼 수 있다. 이 주제 유형이 전래동화를 구성하는 특성 중 재미와 즐거움을 가장 잘 포함하고 있는 부분이라 하겠다.

이 유형에 속하는 동화는 발음상의 효과 등이 주는 재미를 노린 말 장난식의 동화[20]와 서민들의 어리석음을 유머로 풍자

하는 내용21)으로 나누어진다. 또한 <호랑이 뱃속 구경> 동화에서는 무섭고 포악한 호랑이의 몸 속에 들어가 호랑이를 괴롭히고 무사히 빠져 나오는 과정을 묘사함으로써 단순한 재미와 즐거움과 함께 평소에 감히 범접할 수 없는 존재인 호랑이를 괴롭히는 것을 통해 통쾌함으로 느끼게 한다. 특히 이 주제에서 서민들이 보이는 어리석음은 심각한 문제가 되는 어리석음이 아닌, 가벼운 재미와 흥미를 주는 것이다.

8) 주제 8: 보은(報恩)

<은혜 갚은 까치>, <은혜 갚은 두꺼비>, <은혜 갚은 호랑이>, <호랑이와 나그네> 등의 동화에서 다루고 있는 보은의 가치는 여러 가지 에피소드와 소재들을 통해 표현되고 있다. 특히 보은의 주제를 다루고 있는 동화에서는 모두 동물들이 주인공으로 등장한다. 이는 곧, 인간에 비해 미물이라 여기는 까치, 두꺼비 등 동물들의 보은 행위를 통해 미물인 동물들조차 은혜를 갚기 위해서라면 자신의 목숨까지도 내어놓는데 하물며 인간이라면 은혜 입은 것을 갚는 것이 매우 당연한 일이라는 것을 비유적

---

20) 이에 해당하는 동화들의 한 부분을 예로 제시하면 다음과 같다. "…송편이 데굴데굴데굴데굴… (중략) …기다란기다란기다란기다란 띠개가… (중략) …'개미 한 마리가 들어가서 쌀 한 톨 물고 나왔지요.'를 계속 반복하자… <끝 없는 이야기> 중에서. "'진지 드십시오', '담배 태우십시오' 라는 인사를 하기로 약속한다.… (중략) … 바보 남편은 계속해서 '진지', '담배' 라는 말을 계속하며 울상이 되어 버렸다.… <진지 담배> 중에서.

21) 이에 해당하는 동화에는 거울을 처음으로 접한 서민들이 벌이는 에피소드를 다룬 <거울 이야기>, 유사한 구성으로서 초를 처음으로 접한 사람들이 겪는 실수담을 담은 <초 이야기> 등이 있다.

으로 강조하는 의미라고 보여진다. 이와 같은 내용이 잘 나타나 있는 동화는 <은혜 갚은 까치>, <은혜 갚은 두꺼비>, <은혜 갚은 호랑이> 등이다.

이 세 편의 동화에 등장하는 까치, 두꺼비, 호랑이는 모두 사람으로부터 입은 은혜를 갚기 위해 최선의 노력을 다 하거나 심지어는 목숨을 바치기도 한다. <은혜 갚은 까치>에 등장하는 까치는 자신의 목숨을 살려준 선비에게 기꺼이 자신의 목숨을 내어놓는 것으로 보답하며, <은혜 갚은 두꺼비>에서는 두꺼비가 자신에게 자비를 베풀어주었던 마음씨 착한 처녀를 구해주고 목숨을 잃는다. 또한 <은혜 갚은 호랑이>에 등장하는 호랑이는 자신의 병을 치료해 준 의원에게 매일 멧돼지를 잡아다 문 앞에 놓아두는 정성으로 은혜에 보답한다.

한편, 보은의 주제를 강조하기 위해, 이처럼 은혜를 갚으면 그 만큼의 보답을 받는다는 점을 부각시키기도 하는 한편, 반대로 은혜를 갚지 않고 배은망덕한 행동을 하게 되면 큰 벌을 받는다는 내용으로 보은의 중요성을 나타내고 있기도 하는데, 이 같은 표현이 잘 나타난 동화의 예를 들면 다음과 같다.

<호랑이와 나그네> 줄거리
옛날에 한 나그네가 산길을 가고 있는데 호랑이의 울음소리가 들려 놀라 돌아보니 커다란 호랑이가 함정에 빠져 살려 달라고 애원하고 있었다. 나그네는 가여운 마음으로 호랑이를 구해 주지만, 호랑이는 나그네를 잡아먹으려 한다. 나그네는 꾀를 내어 누가 옳은지 물어 보자고 한다. 황소는 사람들이 황소를 부려먹고 나중에는 잡아먹기까지 하니 사람이 나쁘다고 하고, 소나무는 사람들이 자기들을 마구 베어 불을 때니 사람이 나쁘다고 한다. 마지막으로 토끼에게 물어보자 토끼는 호

랑이에게 정확한 판단을 위해 다시 함정 속으로 들어가 처음
부터 설명해 보라고 한다. 함정 속으로 들어간 호랑이에게 토
끼는 은혜를 원수로 갚은 호랑이를 다시 살려 줄 필요가 없다
하고, 함정 속의 호랑이는 살려 달라며 울부짖기만 한다.

이 이야기는 호랑이와 나그네에게 처해진 사건을 중심으로
고난과 시련을 어떻게 현명하게 해결해 나가는가를 보여주고
있다. 그리고 힘이 약하나 지혜롭고 꾀가 많은 토끼가 등장하여
이 문제를 해결해나가는 결정적인 역할을 하고 있다. 이 동화에
서 호랑이는 서민들을 괴롭히는 강자, 예를 들어 벼슬아치나 탐
욕스러운 부자 등을 상징하며, 토끼와 나그네는 괴롭힘을 당하
는 서민들의 애환과 시련을 대변하고 그들의 권리를 찾는 슬기
로운 서민으로 상징되어, 힘 없고 약한 서민들에게 카타르시스
의 역할을 하고 있다.

이러한 견강부약(牽强扶弱)의 원칙을 보여주는 내용들이 우
리나라 전래동화에는 자주 등장하는데, 이는 전래동화가 힘 없
는 서민들을 중심으로 만들어지고 전해지는 특성에 따른 것으
로 보인다.

2. 전래동화에 대한 해석학적 이해지평

본 장에서는 앞 절의 한국 전래동화에 대한 의미구조 분석에
이어 연구자의 이해의 지평을 넓히는 과정으로 들어가고자 한다.
이는 앞 절에 이어지는 후속 과정이라기보다는 앞 절과 계속해
서 변증법적인 이해의 순환과정을 거치는 과정이 될 것이다.

1) 한국 전래동화의 간결한 언어와 역사성: 전래동화의 여백이 주는 의미

앞 장에서 살펴본 바에 의하면 우리나라 전래동화는 주변의 세부적인 상황을 길게 설명하거나 수식하기보다는 핵심적인 줄거리를 간결한 언어로 서술하고 있다는 특징이 있다. 한국 전래동화는 오랜 세월을 지나오면서 수많은 입을 거쳐 기본 줄거리만 남고 심리묘사나 복잡한 내용 등은 생략된 채 민중들의 상호주관적 합의를 이루는 내용만 간추려지게 되었다. 이러한 점이 바로 무엇보다 창작동화와 다른 점인 동시에, 전래동화가 지니는 '전래(傳來)됨'의 의미라고 볼 수 있다.

전래동화는 책으로 읽혀지기보다는 성인의 입으로 아이들에게 전달되는 구전(口傳)의 성격이 강하다. 이러한 구전의 전통을 글로 남긴다는 것은 텍스트의 확실성을 부여한다는 것이며 언어가 전승된다는 것은 글로 된 전통의 연구, 즉 과거를 주된 연구로 만든다는 것이다. 더욱이 글로 된 전통의 전용은 가다머에게 있어서는 우리에게 낯선 것과 마주치게 하거나 낯선 무언가를 이해할 수 있게 하는 매개로서의 역할을 한다.

이러한 측면에서 볼 때 전래동화의 세부적이고 상세한 묘사는 오히려 전래동화의 특성을 감소시키는 역할만을 하게 될 뿐이다. 전래동화의 인물, 사건, 배경 등은 그것이 내용의 전개상 반드시 필요한 경우를 제외하면 최소한의 것으로 축약되는 경우가 대부분이다. 이와 같이 가장 기본적인 내용을 말하는 형태이므로 이러한 언어적 특성으로 인해 각기 다른 가치관을 거치는 오랜 역사 속에서도 구전되어 올 수 있었다고 본다. 즉, 간결한 언어로 인한 전래동화의 여백에 당시의 다양한 가치관을 모두 담아낼

수 있었다는 점에서 이를 전래동화의 '역사성(historicality)'이라
고 말할 수 있다. 전래동화가 지니는 이러한 여백은 사람들의 입
에 회자(膾炙)되는 시대와 상황에 맞게끔 첨가되고 수정됨으로
써 변화된 사회의 가치관에도 자연스럽게 스며들 수 있는 효과
를 가져올 수 있다.

　다음의 경우를 살펴보자.

　　…옛날 옛날, 어느 깊고 깊은 산골에 한 가난한 나무꾼이 있
　　었습니다. 그런데 이 나무꾼은 나이가 들었는데도 장가를 가
　　지 못해 늙은 어머니께 늘 죄송했습니다.… <나무꾼과 선녀>
　　중에서.

　　…옛날, 어느 깊은 산골에 나무를 해다 파는 가난한 영감이
　　살았습니다. 그런데 그 영감의 목에 커다란 혹이 하나 달려
　　있어서 동네 사람들은 모두들 그 영감을 혹부리 영감이라고
　　놀렸습니다.… <혹부리 영감> 중에서.

　　…옛날, 어느 마을에 두 아이가 이웃에 살고 있었습니다. 이
　　두 아이네 집은 모두 매우 가난했습니다. 그래서 그들은 건넛
　　마을 대감 댁에 가서 머슴살이를 할 수 없겠냐고 부탁했습니
　　다.… <두 아이의 머슴살이> 중에서.

　　…옛날도 아주 옛날, 어느 가난한 집에 나이 젊은 두 형제가
　　살고 있었습니다. 어느 날이었습니다. 두 형제는 이웃 마을에
　　볼 일이 있어서 함께 집을 나섰습니다.… <형제 구슬> 중에서.

　위에 제시한 여러 동화들은 모두 주제와 내용이 다른 동화들
이다. 그러나 이 동화들은 물론, 여기에 제시하지 않은 대부분의
동화들이 모두 같은 형식을 취하고 있음을 알 수 있다. 다시 말

해, 한국 전래동화의 배경이 되는 시대와 장소는 그 내용 전달 상 꼭 필요한 경우가 아니라면 대체적으로 '옛날에…'로 시작되고 등장 인물, 즉 주인공에 관한 섬세한 묘사나 상황에 대한 구체적인 묘사, 그리고 당대의 사상적 배경 등은 생략 또는 축약된 채 매우 간결하게만 제시된다.

이것이 바로 한국 전래동화가 먼 옛날부터 지금까지 우리에게 전해질 수 있었던 중요한 요인이 되는 동시에, 현재 우리 삶에 전래동화의 감동이 그대로 파고 들어갈 수 있는 여백의 구실을 하게 되는 부분이 되기도 한다.

인간의 삶은 언제나 언어라는 존재의 집에서의 삶이다. 하이데거는 "언어는 존재의 집이다(Weinsheimer, 1985)."라고 하였고, 가다머는 "이해되어질 수 있는 존재는 언어이다(Gadamer, 1975)."라고 하였다.

또한 해석학적 이해에 있어서 모든 것을 규정하는 근거는 바로 언어이다. 해석학적 이해는 전승된 텍스트 형식 속에 있는 전통과 해석자의 지평과의 만남이라고 볼 때, 이 만남은 언어성이라는 공통기반을 통해서 이루어지는 것이다. 그러므로 우리의 모든 사고나 이해는 언어에 앞서 다가오는 어떤 것이라기보다는 오히려 이해 자체가 언어를 통해서 언어 안에서 이루어지는 것이다(허숙, 1989).

앞의 제 Ⅱ장에서도 이미 전승된 전래동화의 본질이 해석학적 매체인 언어에 있다는 점을 언급한 바 있다. 그리고 전승의 본질은 언어(언어성)라는 특징이며, 언어적 전통의 이해가 다른 모든 전통보다 더 우선성을 보유한다. 모든 언어는 이해의 과정을 위한 독특한 방법에 속한다. 언어적 전통은 말의 문자적 의미 속에 있는 전통이다. 언어 전통은 과거의 유물로서 해석되어지고 연구되어지고 넘겨받은 것이 아니라, 우리에게 주어지고 말해진 것이다(백종철, 1996).

따라서 전통은 언어 속에서 현존하고 있기 때문에 과거와 현재를 연결해주는 매체가 바로 언어라는 점을 떠올릴 필요가 있다. 다시 말해, 이해의 대상도 언어이며 이해의 수행도 언어인 것이다. 가다머의 개념에 의하면 이해와 언어가 불가분적 관계 속에 있을 뿐만 아니라 텍스트 이해의 전 과정이 언어적 과정이라는 점을 알 수 있다.

이러한 측면에서 언어를 매체로 역사적 전통과 텍스트, 그리고 과거의 전승과 대화하면서 우리에게 닫혀진 세계를 이해하고 이 같은 이해와 해석을 통해서 역사적 진리에 접근하고자 하는 것이다. 이렇게 볼 때 한국 전래동화라는 텍스트를 통해 우리가 도달하게 되는 이해의 지평은 우리가 과거의 전통을 이해할 수 있는, 참여의 공간으로서 해석의 근본적인 통로가 되는 것이다.

언어를 통해 개시되는 생활세계, 즉 언어 속에 전승되어 온 삶의 지평인 역사적 전통들은 해석학적 경험의 보편성을 가능하게 해주는 근원적 지반이다. 언어는 이미 세계적이며 전통이 드러나고 전승되는 매개물이다. 그러므로 경험은 언어에 선행하는 것이 아니라 언어 속에 그리고 언어를 통해 함께 일어난다. 경험은 그 자체가 언어적 경험이다. 우리가 언어를 가지고 있음은 바로 근원적인 삶의 세계 속에 귀속해 있음을 말한다(김영필, 1995).

전래동화가 지니는 언어는 언어공동체에 속하는 개인에 대해서 독자적인 생활방식을 가지고 그를 과거 어느 시점으로의 일정한 생활경험으로 인도한다는 의미를 갖는다. 그러므로 언어와 세계의 근본관계는 언어가 세계의 수단이 되는 것도 아니며, 세계가 언어의 대상이 되는 것을 의미하지도 않는다. 그것은 오히려 내가 세계 안에서 살아가고 있는 모습을 드러내 보여주는 것이다(허숙, 1989).

현재의 삶을 살고 있는 우리가 전래동화를 접하게 되는 것은 어쩌면 낯설고 다른 것에 직면한다는 것이 된다. 이렇게 될 때 전래동화라는 쓰여진 언어매체 속에서 낯설고 어려운 문제는 동시에 일어날 수 있다. 이러한 문제는 가다머의 다음과 같은 입장을 통해 이해될 수 있을 것이다.

> 전통이 성격상 언어적이라는 사실은 해석학적 의식을 가지고 있다는 것이다. 언어적 전통의 이해는 다른 모든 전통들보다 특별히 우선해서 남는다. 언어적 전통은 조형예술의 기념물들보다도 훨씬 더 물리적 동시성을 가질 수 있다. 언어적 전통의 동시성의 결핍은 결점이 아니라 모든 텍스트들의 추상적인 낯설음 속에 있는 이 분명한 결핍을 모든 언어가 이해의 과정에 이르는 독특한 방법 속에 포함되어 있다는 사실을 말해준다. 언어적 전통은 말의 문자적 의미 속에 있는 전통이다. 즉 어떤 것은 전수된다. 그것은 과거의 유적처럼 탐사되어지거나 해석되어지거나 넘겨주어진 것과 똑같지는 않다. 언어적 전통의 방식에 의해서 우리에게 내려온 것은 남겨지지 않고 우리에게 주어지고 말해진다. 그것은 신화, 전설, 관습이라는 직접적인 반복 속에서나 그렇지 않으면 서전(書典)의 형식 속에서 그것들을 읽어낼 수 있는 모든 독자에게 즉각적으로 분명한 기호들로서 우리에게 주어지고 말해진다(Gadamer, 1975).

우리는 언어 속에서 언어로 말하며 언어를 벗어나서는 한 순간도 살아갈 수가 없다. 언어는 그 외연을 최대한으로 넓게 지은 언어, 즉 몸짓이나 침묵은 말할 것도 없고 심지어 하늘의 천둥, 번개도 신들의 눈짓으로서 시인들에 의해 해석되어야 할 언어로 보고 있다. 그런 언어는 학문적으로 접근할 수가 없다(소광희, 1998).

또한 우리는 언어를 통해 세상을 이해하고, 언어를 사용함으로써 자유롭게 세계를 뛰어넘을 수 있다. 이러한 의미에서 우리는 기호체계로 고착화되어 버린 전래동화의 언어적 속박으로부터 탈출하여 세계를 탈은폐하는 언어, 사변적인 특성의 언어를 회복하고, 이러한 언어를 통한 무한한 대화를 수행해야 할 것이다. 이를 위해 우리는 한국 전래동화가 지니는 언어상의 여백을 활용하여 과거의 것을 전승된 무엇, 박제된 무엇으로서가 아니라 현재의 우리에게 살아서 말을 걸어오는 우리의 대화 상대로 인식하는 것이 필요하다고 보인다.

가다머의 입장에서 이야기하자면 해석이란 과거적 세계를 과거적 의미 그대로 재생해 내는 것을 의미하지 않는다. 오히려 해석은 현재적 시점에서 전승과 해석자 사이의 대화를 의미한다(오용득, 1995).

2) 생활 세계적 일상성 : 서민들의 일상적 삶에 대한 이해

한국 전래동화는 그 발생상의 특징과 전달과정의 특징으로 인해 당대 민중의 목소리를 담고 있으며 일상과 동떨어진 그 무엇이기보다는 가장 일상적이고 구체적인 삶의 단편들을 담고 있다. 또한 한국 전래동화는 특정한 환경에서나 특정한 사람만이 겪을 법한 이야기보다는 누구에게나 있을 법한 이야기를 다루며, 곳곳에 삶의 희노애락이 묻어 있다. 전래동화를 통해 우리

나라 전통사회의 참모습을 알 수 있는 이유가 바로 여기에 있
다고 볼 수 있다. 또한 이러한 모습은 현재 우리의 삶과 동떨어
지거나 유리된 그 무엇이 아닌, 지금 우리의 모습과 크게 다르
지 않은 것임을 곳곳에서 살펴볼 수 있다.

전래동화 안에는 농사를 짓는 농민의 모습[22], 엄하고 절대적
권위를 지닌 아버지와 자상하고 애틋한 어머니[23], 우애와 경쟁
의 요소를 모두 지닌 형제자매, 사회적 계급질서에 지배된 서민
들[24], 신체적으로는 약하나 노현자(老賢者)의 모습을 지닌 노인

---

22) 다음의 예문에 이러한 측면이 잘 나타나 있다. …농사철이라 남자
나 여자나 모두 논밭에 나가서 하루종일 땀 흘리며 일을 하는데
도… <소가 된 게으름뱅이> 중에서. …옛날 어느 곳에 나무꾼이
있었습니다.… <나무꾼과 선녀> 중에서. …어떤 곳에 근근이 농사
를 지으며 지극한 정성으로 홀어머니를 모시고 살아가는 부부가
있었습니다.… <아들 삶은 효자> 중에서. …아우는 한숨을 내쉬며
산으로 갔습니다. 나무라도 해서 장에 내다 팔아 식구들의 끼니를
굶기지 않기 위해서입니다.… <말하는 남생이> 중에서.

23) 그러나 우리나라 전래동화에 나타나는 어머니의 상(像)은 반드시 이
러한 정서적인 측면만을 보이는 것은 아니다. 남편의 부재로 인한
생계책임까지 맡고 있는 모성의 특성이 나타나 있는 <해와 달이 된
오누이>의 일부를 제시하면 다음과 같다. …아버지가 일찍 돌아가신
탓에 어머니가 남의 집 품을 팔아 받는 삯으로 겨우겨우 살아가고
있었습니다. 어머니는 어린 오누이를 집에 남겨두고 일을 하러 나가
자니 몹시도 마음이 아팠습니다. …(중략)… 그렇다고 어머니는 하루
라도 집에서 편히 쉴 수는 없었습니다. 어린 것들과 굶지 않고 살아
나가자면 어떤 고된 일도 꾹 참고 견뎌야만 했습니다.…

24) 이러한 내용이 잘 드러나 있는 동화에는 <슬기로운 아이>, <우렁이
각시>, <어린 원님> 등이 있다. 이 중 <슬기로운 아이>의 한 구절
을 제시하면 다음과 같다. …마음씨 고약한 원님은 겨울에 산딸기
를 구해 오라고 명령한 것입니다. 좌수는 당장 산딸기는 도저히 구
해올 수 없다고 말하고 싶었습니다. 그러나 그것은 마음뿐이지 도
저히 입 밖으로 말할 수가 없었습니다. 만일 구해올 수 없다고 거
절했다가는 원님한테서 어떠한 벌을 받을지 모를 일이었습니다.…

들25), 결혼을 통해 인간완성의 길에 이르는 모습들, 어려움에 처했을 때 기지와 재치로 문제를 해결해 나가는 과정 등 과거로부터 지금까지 일상화되어 있는 서민들의 삶이 고스란히 묻어 있다. 한국의 전래동화는 이러한 가장 일상적인 삶의 모습들이 지속적으로 여과, 정제되는 단계를 거쳐 현재에까지 이르게 된 것이다.

전통의 해석을 통한 생활세계의 이해는 결국 해석학적 순환운동을 뜻한다고 말할 수 있다. 이러한 사실은 가다머가 전통에 대해 가지는 근본적인 태도와 다를 바 없다. 가다머 역시 전통에 대해 비판적 각성에 의해 시인하고 취택하고 손질함으로써 모방적 창조를 수행해야 함을 강조한다. 그 역시 자유로운 태도로서 전통을 한편으로는 보존적으로 모방하면서 한편으로는 생산적 창조를 수행해야 함을 강조하고 있다. 따라서 가다머는 부정적인 의미의 선입견을 생산적인 선입견인 선판단과 구분한다. 이제 특수한 목적 하에서 전통적으로 형성되어온 특수세계와 이의 근원적 지평인 생활세계 사이를 해석학적으로 읽어내는

---

25) 전래동화에 등장하는 노인은 대체적으로 효(孝) 사상을 바탕으로 무조건적으로 잘 봉양해야 하는 존재로 묘사되거나 또는 반대로 주책 맞거나 욕심 많은 거추장스러운 존재로 묘사되는 극단적인 형태를 취하고 있다. 이는 전통적인 효 사상의 가치관에 따라 이성적으로는 나이 든 노인들을 잘 섬기고 받들어야 한다고 생각은 하지만, 일상의 현실에서는 그것이 매우 힘들고 그들의 삶을 방해하는 존재라고 생각했음을 반증적으로 드러내는 역할을 하고 있는 것이라고 보여진다. 전통적인 가치관에 따라 노인은 언제나 공경의 대상이 되어야 하지만 현실 속의 노인은 힘 없고 약한 자일 뿐이다. 그러나 <머리 아홉 달린 괴물>에 등장하는 할머니와 할아버지처럼 노인을 지혜자로 묘사하는 것은, 그들이 쇠락한 현실 속에서의 자신의 처지를 벗어나 후손들에게 계속적인 공경과 존경을 받을 수 있는 장치로서의 힘을 제공하는 역할을 한다고 보여진다.

것이 중요한 문제이다(김영필, 1995).

또한 우리나라 전래동화에는 주로 빈곤한 환경이 많이 등장한다. 가난한 농부, 머슴, 부부, 노인 등이 농촌, 바닷가, 산 속에서 가난한 살림살이와 외로운 생활을 하고 있는 경우가 많다. 동화의 시작 단계에서 이미 주인공인 인물들을 제시하면서 '가난한…'으로 시작되어, 이 빈곤으로부터 어떠한 사건이 발생할 것임을 예고하고 있다.

다음의 예문을 살펴보자.

…옛날 어느 마을에 가난한 아버지가 삼형제를 데리고 살았습니다.… <세 가지 유물> 중에서.

…옛날 어느 곳에 어머니와 딸, 단 두 식구가 가난하게 살고 있었습니다.… <은혜 갚은 두꺼비> 중에서.

…옛날, 어느 산골 마을에 어린 오누이를 데리고 사는 홀어머니가 있었습니다. 그 어머니는 집이 가난했기 때문에… <해와 달이 된 오누이> 중에서.

…어떤 곳에 근근히 농사를 지으며 지극한 정성으로 홀어머니를 모시고 살아가는 가난한 부부가 있었습니다.… <아들 삶은 효자> 중에서.

…가난한 선비가 늙은 어머니를 모시고 아내와 함께 살고 있었습니다.… <호랑이가 된 효자> 중에서.

위에 예시한 동화들은 모두 '가난'이 내용 전개에 매우 중요한 요소들로 작용하고 있는데, 이야기 전체를 들어보지 않더라도 이미 동화의 첫머리에서 가난으로 말미암은 사건이 전개될 것임을 짐작할 수 있는 부분이라고 할 수 있다.

'가난'은 인간 생활의 기본적인 부분을 충족하고 영위하는 데 가장 걸림돌이 되는 장애물로 인식되어 왔다. 가난은 모든 어려움과 예기치 않았던 사건들의 근본적인 시작점이 되는 것으로 나타나며, 특히 경제적으로 어려운 생활을 할 수밖에 없었던 전통사회의 서민들은 이러한 측면을 피부 깊숙이 느껴왔을 것이다. 가난으로 시작되어 결국 부를 얻게 되는 결말26)에 이르는 과정은 당시 서민들의 간절한 꿈이었음을 알 수 있으며, 경제적인 결핍이 해결되면 행복과 안녕(安寧)을 누리며 어떠한 갈등과 사건도 발생하지 않을 것이라고 생각하고 있는 것으로 보인다. 따라서 가난 극복이 당시 서민들의 최대의 희망이었음을 읽어낼 수 있다.

한국 전래동화에 나타나는 주인공들의 대다수인 서민들의 경우, 자신의 땅을 경작하는 농민이 아닌, 남의 땅을 대신 경작하여 먹고 사는 빈농이 주를 이룬다. 이들의 보편적인 특성은 상위 계층이나 사회 질서에 순종하는 온순하고 순응적인 삶의 자세를 보인다는 점이다.

그러나 간혹 이것에 불응하고 항의하거나 도전하는 모습을 발견할 수 있는데27)이런 경우에도 당당하고 논리적인 반박이나 항의보다는 순간적인 꾀나 기지, 지혜 등으로 상대를 굻려주는

---

26) 이러한 내용이 나타나 있는 동화에는 <나무 도령>, <네 장사>, <도깨비 방망이>, <두 아이의 머슴살이>, <말하는 남생이>, <부자가 된 소금장수>, <세 가지 유물>, <소금을 만드는 맷돌>, <요술 방망이>, <요술 항아리>, <형제 구슬>, <혹부리 영감>, <황금덩이와 구렁이> 등이 있다.

27) 이러한 내용이 나타나 있는 동화에는 <뒹굴어서 벼슬한 농부>, <슬기로운 아이>, <임금님 귀는 당나귀 귀>, <임금님 빰친 사람> 등이 있다.

정도로 묘사되어 여전히 기존의 사회 계층 질서에 순응하는 본
질을 크게 벗어나지 못하고 있다.

결국 늘 억울하고 압박 받는 생활을 하는 농부들은 근본적인
사회위계질서에 대한 항변이나 사회체제 개선을 위한 정당한
요구는 감히 도전해 보지 못한 채, 가벼운 응징이나 복수의 차
원에 머무르고 있으며, 여전히 권력가들의 뒤에서 숨죽이며 억
눌려 지냈던 그들의 권리는 본질적으로는 그늘에 가려진 채 다
만 작은 돌파구로서의 모습만을 드러낸다. 이는 전래동화를 통
한 서민들의 카타르시스 추구도 당시 사회의 위계적 가치관에
서 크게 벗어나지는 못하고 있다는 한계점을 보여주는 부분이
라고 할 수 있겠다.

한편, 전래동화의 배경 중 현실세계는 보다 염세적이고 비극
적인, 불우한 환경으로 제시되는 경우가 많지만, 초현실 세계의
모습은 행복과 희망이 가득한 세계로 묘사된다. 또한 이러한 초
현실 세계는 현실세계와의 교통이 가능하며, 접촉이 불가능하고
다다르기 불가능한 곳으로서가 아니라, 선함과 성실로 살아가는
서민들에게는 자신의 삶을 역전시킬 수 있는 기회로 주어지는
하나의 이상적인 꿈으로 작용하는 장치로서의 기능을 한다.

그렇다면, 전래동화가 담지하고 있는 이러한 생활세계적 일상
성이 우리들에게 주는 의미는 무엇인가?

우리는 한국 전래동화가 지니는 생활세계적 일상성의 특징으
로 인해 전통사회의 생활상을 읽어냄으로써 당시의 사상과 문
화를 알 수 있을 뿐만 아니라, 이것을 현재의 자신의 삶에 비추
어 봄으로써 다양한 삶의 형태와 삶의 질곡들을 내면화할 수
있게 된다. 가난한 서민들, 힘 없는 노인과 총각[28], 처녀, 홀어머

---

28) 전래동화에 등장하는 총각의 모습은 대체적으로 가난하고, 날마다

니 등이 맞닥뜨리고 넘어가야 하는 여러 가지 삶의 문제와 고

열심히 일을 하며 나이가 많아도 장가를 못 가는 인물로 묘사되는
경우가 많다. 이는 우리나라 전통사회의 다수를 이루었던 착하고
힘없는 서민, 그러나 바르게 사는 충실한 서민의 모습을 통해 그들
의 정서를 대변하고자 함이었던 것으로 보인다.

> …한 총각이 가난하게 살았습니다. 총각은 날마다 들에 나가 열심히
> 일했습니다. 그러나 좀처럼 가난에서 벗어날 수가 없었습니다. 총각
> 은 나이가 서른이 되도록 장가를 못 갔습니다.… <우렁이 각시> 중
> 에서.

한편, 전래동화에 등장하는 총각의 모습은 바보스럽고 어리석은
모습이기도 하다. 그러나 이런 경우에도 대부분 행운을 얻어 종국
에는 행복한 삶을 사는 것으로 묘사된다. 이러한 경우가 잘 나타
나 있는 전래동화를 예문으로 제시하면 다음과 같다.

> …옛날 어느 시골에 바보 총각이 살았습니다. 너무나 어리석고 하는
> 짓이 바보스럽기 때문에 늘 많은 사람들의 놀림을 받았습니다.… (중
> 략) …바보는 산적들이 감추어 둔 금은 보화를 파내어 짊어지고, 의
> 기양양 집으로 돌아왔습니다. 그리고는 자기 어머니에게 큰 소리로
> 공치사를 했습니다.… <돌부처에게 비단을 판 바보> 중에서.

이렇게 총각을 가난과 착함, 어리석음, 바보스러움으로 묘사한 점
은 주의를 기울이게 하는 부분이다. 여기서 잠시 현대사회에서의
노총각은 일반적으로 어떻게 인식되고 있는지를 생각해 보자. 대
체로 현대의 노총각의 경우는 첫 번째, 전래동화에 나타난 듯이
무능한, 그러나 매우 착한 존재로 그려지는 경우와, 두 번째로는
주관이 매우 강하고 개성 또한 강하여 남과 타협하기 힘든 고집
센 면이 있는 존재이면서 한편으로는 혼자서도 잘 살 수 있는 경
제적, 심리적 힘이 있는 존재라고도 생각해볼 수 있다.
그러나 우리의 전래동화에서는 위와 같은 현대 노총각의 모습 중
전자의 모습만으로 그려져 있는 경향이다. 그렇다면 이러한 측면
이 우리에게 말해주고 있는 것은 무엇인가 생각해보게 된다. 이는
아마도 당시의 사회에서 결혼이라는 것을 인간 완성의 한 관문으
로 보았던 인간관 때문이 아닌가 여겨진다. 제 때에 결혼하지 못
할 정도의 어눌한 사람이 그 부족함 뒤에 있는 순수와 순진함의

난들을 다만 고통으로써만이 아닌 다양한 기지와 해학으로 풀어내는 모습은 우리로 하여금 처해진 현실의 고통에 한 줄기 희망이자 불빛으로 작용하며 삶에 대한 희망을 가지게 한다. 만일 당시의 삶이 현재의 우리와 크게 다르거나 매우 이질적인 그 무엇이라면 우리는 이를 쉽게 내면화하거나 동일시하는 데 어려움을 겪을 수 있다. 그러나 전래동화에 드러난 당시의 생활상은 한국인으로서의 현재 우리의 삶과 그 맥을 같이 하며, 우리의 현재가 과거와 단절된 것으로서가 아니라 긴 역사의 흐름 속에 함께 하고 있으며, 앞으로의 우리 미래도 그 흐름의 연장 선상에 계속적으로 놓이게 될 것임을 이해할 수 있는 측면이라고 보아진다.

3) 사회문화적인 상호텍스트성(intertextuality) : 삶의 다층적 의미와 복잡성에 대한 이해

모든 텍스트는 다른 텍스트들과의 그물 안에서 존재하며, 텍스트의 상호관계를 통해 생성, 흡수, 변형된다. 이는 텍스트가 지니고 있는 공시성(共時性)과 통시성(通時性)의 요소들을 함께 지적하는 내용이다. 한 사회나 시대 속에서 의미를 이해하고 공감 받기 위해서는 그 시대나 사회에서 현재 유통되고 있는 다른 텍스트들과의 관계 속에서 이해되어야 할 뿐 아니라, 한 민족이나 국가, 집단이 전통적으로 형성하여 온 역사와 신념, 가치체계 등의 문화적 텍스트 및 역사적으로 존재하는 다른 텍스

결과로 인간 완성의 관문인 결혼을 드디어 하게 된다는 소박한, 그리고 성선설적인 인간관이 잘 드러나는 부분이라고 할 수 있을 것이다.

트들에 비추어 이해되어야 하기 때문이다(유혜령, 1999).

　상호텍스트성이란, 말 그대로 여러 텍스트들간의 기호교환현상, 또는 보다 정확하게는 교변현상(交變現象)을 일컫는 개념으로서, 서로 다른 분야의 작품들(texts) 속에 담긴 인물이나 사건, 상황 등의 대표적 기호들이 전치(轉置), 병합(竝合), 혼성모방, 패러디 등을 통해 서로 교환되어 유통되는 문학적 현상을 뜻한다(유혜령, 1999).

　한국 전래동화에는 다양한 전통사회의 종교적인 측면들이 하위 텍스트들로 이루어져 있는데, 전통적인 유교사상인 친(親)29), 의(義)30), 별(別)31), 서(序)32), 신(信)33), 그리고 스님이 등장하는 동화34)를 통해서는 불교가 보편화되고 신성시한 전통 사회

---

29) 이러한 내용이 잘 드러나 있는 전래동화에는 <고려장 이야기>, <상제는 노래하고 중은 춤추고>, <아들 삶은 효자>, <청개구리>, <효성스러운 호랑이>, <효자리 마을> 등이 있다.

30) 이러한 내용이 잘 나타나 있는 전래동화에는 <중은 노래하고 상제는 춤추고>, <임금님 귀는 당나귀 귀>, <뒹굴어서 벼슬한 농부> 등이 있다.

31) 이러한 내용이 잘 드러나 있는 전래동화에는 <거짓말쟁이 사위 보기>, <두더지의 사위>, <며느리 뽑기 시험> 등이 있다. 뿐만 아니라, <소학>에서는 며느리나 사윗감을 고를 때도 이 별(別)의 가치관에 따를 것을 권하고 있는데, 다음의 구절에 이와 같은 내용이 잘 나타나 있다. …딸을 시집 보낼 때는 반드시 내 집보다 나은 사람으로 보내야 한다. 내 집보다 나으면 딸이 시집 사람들을 반드시 공손하고 조심하는 태도로 섬길 것이다. 며느리를 맞이할 때는 반드시 내 집보다 못한 집안에서 데려와야 한다. 내 집보다 못하면 며느리가 시부모를 섬길 때에 반드시 며느리의 도리를 지킬 것이다.… <소학> 중에서.

32) 이러한 내용이 잘 드러나 있는 전래동화에는 <말하는 남생이>, <반쪽이>, <세 가지 보물>, <뒹굴어서 벼슬한 농부>, <슬기로운 아이>, <임금님 귀는 당나귀 귀> 등이 있다.

33) 이러한 내용이 잘 드러나 있는 전래동화에는 <진짜 친구> 등이 있다.

34) 한국 전래동화에 등장하는 스님은 일반 서민들과는 달리 언제나

의 특징을 엿볼 수 있다. 또한 우리나라 전래동화는 동물과 인
간이 공존하며 같은 일상사를 같은 논리로(떡을 즐기는 호랑이,
소의 피를 무서워하는 도깨비, 팥죽을 먹거나 춤추는 호랑이, 사
슴 가죽을 무서워하는 금 돼지 등) 처리해도 무방한 통약 가능
하고 상호 중첩되는 공존 세계를 그린다. 또한 천상천하가 공존
하는 도교적 세계관35)이 상호텍스트적으로 겹쳐져 있기도 하다.
이러한 세계관은 대부분의 우리나라 전래동화에서 보여주는 특
성이다.

　뿐만 아니라, 한국 전래동화의 상호텍스트성은 전통사회의 종
교적, 정치적, 문화적, 경제적, 민속적 텍스트들이 상호교차하면
서 이루어 낸 '인용의 모자이크'36)로 나타난다. 즉, 전래동화 한
편 안에는 다양한 당시의 사상과 문화가 복합적으로 조합되어

지혜롭고 미래를 예언하는 능력이 있으며 초월적 존재로 나타난다.
다음의 <차돌 깨무는 호랑이>의 일부를 보자. …"아드님의 상이 아
주 좋지 않습니다, 나무관세음보살." "스님, 그게 무슨 말씀이신지?"
"예, 댁의 아드님이 열두 살이 되면, 놀라지 마십시오. 호랑이에게
잡아먹힐 운명을 타고났습니다."… (중략) …"스님, 부탁이에요, 제
아들 좀 살려주세요." "예, 소승이 말씀드리는 대로만 하면 나쁜 운
명을 이겨 낼 수도 있지요."… <차돌 깨무는 호랑이> 중에서.
　위에 등장하는 스님은 어린 아이의 얼굴을 척 보고는 한참 후의
운명을 예견한다. 그리고 그 운명을 극복하기 위한 혜안도 지니고
있는, 인간의 능력으로는 불가능하며 불가사의한 초월적 능력을
보여준다. 그러나 이러한 동화에서 스님이 알려주는 극복 방법은
특별하거나 대단히 어렵고 신비로운 것이 아니라, 평범한 서민이
라면 충분히 할 수 있는 것들로, 이를 통해 불교사상이 지니는 현
실적이고 현세적인 모습을 파악할 수 있다.

35) 이러한 측면이 잘 드러나는 동화로는 <견우 직녀>, <울산 바위>,
　<나무꾼과 선녀>, <선녀 바위> 등이 있다.

36) 이는 크리스테바(1980)의 표현으로, 그는 "모든 텍스트는 인용의
　모자이크이며, 모든 텍스트는 다른 텍스트의 흡수 및 변형이다."라
　고 말한다.

이루어져 있음을 읽어낼 수 있다.

이에 해당하는 많은 동화들 중에서 <청개구리>를 예로 들어 살펴보자.

<청개구리> 줄거리

옛날에 엄마 말을 듣지 않고 무조건 반대로만 하는 청개구리가 살았는데, 어느 날 엄마가 병들어 죽게 된다. 엄마 개구리는 평생 자신의 말에 정 반대로만 행동했던 아들 청개구리를 생각하여, 냇가에 묻어 달라고 하고, 엄마가 죽고 난 뒤 그동안의 자신의 잘못을 깨달은 청개구리는 엄마를 산에 묻지 않고 냇가에 묻는다. 그 이후 비만 오면 엄마 개구리의 무덤이 떠내려갈까 걱정되어 개구리는 개굴개굴 운다고 한다.

이 동화에서는 배산임수(背山臨水)의 지형을 중요시했던 우리 조상들의 풍수지리, 효를 강조하는 유교적 신념, 그리고 인과응보적인 사고를 담고 있다는 점에서는 불교적 사고관이 한 데 녹아 있는 복합적인 작품으로, 상호텍스트성을 잘 드러내고 있다고 할 수 있다. 이렇듯 한 편의 전래동화 안에는 당시의 일상적인 삶 뿐만 아니라 매우 다양한 가치관들이 녹아 들어가 있음을 읽어낼 수 있다.

또한 <연이와 버들잎 소년>을 비롯한 여러 동화에 등장하는 숫자 '3'의 주술적 의미는 서민들의 소박한 바램을 반영하는 일종의 무속 신앙의 세계를 드러내준다. 이러한 숫자 '3'이 등장하는 여러 전래동화들을 볼 때 우리 서민들은 '3번만 하면', '세 개만 있으면' 자신들의 염원과 소원을 이루어 낼 수 있을 것으로 생각하는 무속적이면서 소박한 삶의 원초적 희망을 가지고 있었다. 뿐만 아니라 전래동화에 삼 형제가 많이 등장하는 것은 전통사회의 다산(多産)과 다남(多男)을 기원하는 민속적인 원형을 드러내는 부분이라고 볼 수 있겠다.

앞서 말한 바와 같이 전래동화라는 텍스트 안에는 전통사회의 종교, 문화, 가부장적 계급질서, 경제체제 등 다양한 내용들이 하위 텍스트들로 겹쳐져 있다. 각각의 동화는 특정한 성격의 인물들(예를 들어, 서민, 양반, 동물, 도깨비, 산신령 등)을 지니고 있다. 또한 앞 장에서 살펴보았듯이, 우리나라 전래동화의 등장인물들은 다양한 주제와 내용에도 불구하고 서민, 동물, 양반 등으로 압축되어 공통적으로 나타난다. 이전에 접했던 동화에서 등장한 주인공이 새로운 동화에 다시 등장하게 될 때 우리는 그 인물이 등장했던 이전의 동화를 자연스럽게 떠올리게 되고, 그 당시에 받았던 주인공에 대한 느낌을 복합적인 이미지로 받아들이게 된다. 즉, 이것은 상호텍스트성에 의한 이미지의 결합이라고 할 수 있다. 예를 들어, 아동들이 호랑이가 주인공으로 등장하는 하나의 전래동화를 접하면서 얻게 되는 친숙함과 재미 이면에는 이미 그 전에 다른 동화에서 등장했던 호랑이의 성격이 중복적으로 겹쳐지게 된다. 이런 측면에서 볼 때 전래동화에 등장하는 인물 그 자체보다는 그들의 이미지를 어떻게 해석하여 교육적으로 결합시키는가 하는 문제가 더욱 중요하다는 점을 시사 받을 수 있다.

많은 한국 전래동화에 담긴 상호텍스트성의 가장 공통적인 성격은 아마도 즐거움일 것이다. 예를 들어 전래동화의 다양한 주제들을 넘나들며 주인공으로 등장하는 호랑이[37]의 경우, 이는

---

37) 예를 들어 <차돌 깨무는 호랑이>에서는 목숨을 빼앗길지도 모르는 무서운 호랑이에게 차돌과 비슷하게 생긴 찰떡을 깨물어 보임으로써 목숨을 건지고 호랑이를 간단히 제압한다.

전통사회의 아동들이 지니고 있는 호랑이에 대한 보편적인 정서, 즉 무섭고 두려운 존재인 동시에, 물리적 힘이 아닌 재치나 기지로 이를 제압하고자 하는 상대라는 점을 이용하여 아동들의 흥미를 유발하고 다양한 정서를 경험할 수 있는 측면이 된다고 볼 수 있다.

뿐만 아니라, <슬기로운 아이>에서 나타나는 다음의 구절도 이와 같은 측면을 잘 예시해 준다.

> …"사또님께 여쭙겠습니다. 사또님 말씀처럼 지금은 눈이 펄펄 날리는 추운 겨울입니다. 그렇다면 이 추운 겨울에 어찌 산딸기가 있을 수 있겠습니까? 저희 아버지는 사또님의 명을 받잡고 돌아온 뒤, 어떻게 할 줄을 몰라 걱정만 하다가 그만 병이 났습니다. 이 추운 겨울에 산딸기를 구해 오라고 허튼 소리를 한 사또님이나, 겨울철에 저희 아버지가 독사에게 물렸다고 허튼 소리를 한 저나 무엇이 다르겠습니까? 그러니 제발 노여움을 푸시고 저희 아버지를 용서해 주십시오." 고약한 원님도 좌수 아들의 이야기를 듣고는 그만 얼굴이 붉어졌습니다. 그리고 자기의 잘못을 깊이 뉘우쳤습니다.… <슬기로운 아이> 중에서.

그렇다면 한국 전래동화가 지닌 상호텍스트성이 우리에게 주는 의미는 무엇인가?

이러한 전래동화의 상호텍스트성에 담긴 가장 중요한 의미는 전래동화에 담긴 삶이 지니는 다양한 측면들을 읽어냄과 동시에 복합적이고 다층적인 의미들의 미묘하고 섬세한 차이와 그 안에 담긴 삶의 진실로부터 유아들이 다양한 정서를 경험하는 기회가 된다는 것이다.

4) 갈등 및 지평융합의 장(場): 전래동화의 양면성과 현대적 읽기

앞 장에서 살펴본 바와 같이 우리나라 전래동화가 담고 있는 내용들 중에는 현대적 관점에서 볼 때, 즉 현대의 아동들이 접하게 될 때 갈등을 일으키는 부분이 있다. 이렇게 우리의 현재 지평과 상충되는 부분들을 염려하며 일부에서는 개작(改作)의 필요성을 주장하기도 한다. 우리가 어떤 지평을 갖는다는 것은 그 지평 내에서 모든 것을 나름대로 평가할 수 있음을 의미한다. 이것은 과거적 전승에 대해서도 똑같이 해당된다. 전승을 우리의 지평 내에서 본다는 것은 그 전승에 대해 적절한 평가를 한다는 것이다(오용득, 1994). 이러한 측면에서 볼 때 여기서 중요한 것은 우리는 과거로부터 전래되어 현재에까지 이르고 있는 전래동화와 생산적인 대화적 관계를 회복해야 한다는 것이다. 이것이 바로 "지평융합"의 개념일 것이다.

이러한 지평융합의 의미를 가다머(1972)는 다음과 같이 논하고 있다.

> 만약 우리의 역사적 의식이 역사적 지평 속으로 진입된다면, 그것은 우리 자신의 세계와는 결부되지 않은 소원한 세계에로 멀어져 가는 것을 의미하지 않는다. 오히려 그것은 현재의 한계를 넘어서 우리의 자기-의식의 역사적 깊이를 포괄하는, 내면에서부터 운동하는 보다 큰 지평을 형성한다.

이렇게 한국 전래동화의 참 의미를 이해하고 이해의 지평을 확장하는 것은 한국 전래동화가 현대사회에서의 가치관과 부딪치는 면을 비판하고 수정하기 위한 작업을 하는 것을 추구해야 하는 것도 아니며, 나의 지평과 전승의 지평이 대립되어 있다가 하나로 통합되어야 하는 것도 아니며 오히려 지평은 항상 운동적이며 부단히 형성되는 것임을 이해하고 이것이 다시 더욱 큰 지평으로 나아갈 수 있는 것임을 파악하는 일이 된다. 이를 위해서는 무엇보다 전래동화의 표면에 드러난 내용만에 집착하기보다는 그 이면에 숨겨진 참된 의미를 드러낼 수 있도록 함으로써 전래동화가 우리에게 현재화(be present) 되도록 해야 한다는 것이다. 그러기 위해서는 무엇보다 하나의 전래동화가 담고 있는 시대적 상황과 사상적 이념, 그리고 당시의 문화를 최대한 고려하고, 이것이 현대사회에서 주는 의의와 참된 의미를 전제하여 고려하는 이해의 방법이 필요하다고 하겠다.

또한 전래동화를 이해함에 있어 지평의 융합에 이르는 길은 전래동화를 하나의 '대상'으로 규정하는 것이 아니라, 나에게 말을 걸어오는 '대화상대'로(오용득, 1995) 상대해야 하는 것이다. 이렇게 될 때 전래동화는 그 자신의 독자적인 내용을 가지고 우리에게 말을 걸어오며, 우리는 개방적인 태도로 그 말을 경청할 수 있다. 이러한 개방적인 자세로 전래동화를 경청할 수 있다는 것은 전래동화의 의미를 참되게 이해할 수 있다는 것이 되며, 나아가 서로에게 귀속되는, 즉 지평융합에 이르게 될 수 있는 것이다. 이러한 것이 바로 가다머가 말하는 최고의 해석학적 경험이라고 볼 수 있다.

그런데 해석학적 대화를 수행하는 해석자(나)와 전승(전래동화)은 사실상 이질적이다. 다시 말해, 나는 현재의 시대를 살아가는 생명력 있는 인간이고, 전래동화는 문자의 형태로 고정되어 있는 텍스트이다. 이러한 사실에서 우리는 이미 전래동화를 접하는 과정에서 지평 갈등의 가능성을 지니고 있는 것이 된다.

한국 전래동화가 드러내는 표면적인 내용 중 현대의 어린이들에게 그대로 전달되기에는 무리한 측면들이 있는 것은 분명한 사실이다. 우리는 이러한 부분들을 어떻게 읽어냄으로써 지평갈등을 넘어서 과거의 전래동화가 현대에 만나 교차점을 이루고, 본래 지니는 의미보다 더욱 더 크고 깊은 의미의 확장을 이룰 수 있을 것인지를 생각해 보아야 할 것이다.

우리의 지평에 갈등을 일으키는 면을 잘 드러내는 동화 몇 편을 예로 들어보자. 먼저 <아들 삶은 효자>의 줄거리를 간략히 제시해본다.

<아들 삶은 효자> 줄거리
옛날 가난한 부부가 지극한 효와 정성으로 홀어머니를 모시고 살았는데, 어머니가 몹쓸 병에 걸리고 만다. 젊은 부부는 어머니의 병을 고치기 위해 온갖 약을 다 써보았으나 병은 갈수록 심해지기만 하고 집안의 재산도 남는 것이 없게 되었다. 어느 날 시주를 얻으러 온 도승이 어머니의 병을 낫게 하기 위해서는 아들을 삶아 그 물을 드리면 된다고 알려준다. 부부는 어머니의 병을 낫게 하기 위해 아들을 솥에 넣고 삶아 그 물을 드리고, 다음 날 어머니의 병은 정말 씻은 듯이 낫게 된다. 한 편, 분명 죽은 줄로만 알았던 아들이 문을 열고 들어오자 부부가 놀라 솥 안을 들여다보니, 그 안에는 아들이 아닌 아들만큼이나 큰 산삼이 삶아져 있다. 효성이 지극한 아들을 위해 부처님이 동삼을 아들로 변모시켜 보냈던 것이다. 이 부부의 지극한 효심에 관한 이야기는 임금님에게까지 전해져 큰 상을 받게 된다.

이 동화는 부모에 대한 지극한 효심을 다룬 대표적 동화이다. 이 동화에서는 어머니의 병을 낫게 하기 위해 하나뿐인 아들을 삶아서 드리려고 한다. '효(孝)'라는 측면에 비추어서는 그만큼 지극하고 깊은 효심임을 단적으로 보여주는 내용들이라고 보여지나, 현대의 유아들에게는 받아들이기 어려울 뿐 아니라 표면적으로 볼 때 효에 대한 그릇된 가치관을 심어줄 우려가 있는 대목이라고 하겠다. '효'라는 개념이 현대에 와서 비합리적이고 무조건적인 순종과 복종, 희생을 의미하는 것이 아니라 때로는 바른 말도 서슴지 않고 올릴 수 있는 것이 진정한 효라는 것에 비추어볼 때 이러한 내용은 우리의 현재 지평에 갈등을 유발하는 것이 되리라고 본다. 그렇다면, 이러한 부분을 넘어서서 앞서 말한 지평의 융합에 이를 수 있는 길은 무엇인가?

이는 먼저 이 동화의 내용이 철저한 유교적 신념 하에 쓰여진 동화임을 이해하는 것이 선행되어야 한다고 보며, 무엇보다 이러한 내용을 액면 그대로 받아들이는 것이 아니라 그 안에 담긴 '은유(metaphor)적' 성격을 읽어낼 수 있어야 한다고 본다. 다시 말해, 이 동화에서 주고자 하는 바는 '아들의 목숨을 바쳐서라도' 효도하라는 것을 말하고자 하는 것이 아니라, 자신에게 가장 귀한 무언가를 바꿀 수 있을 만큼의 지극한 진심으로 부모에게 효를 다하라는 것으로 이해해야 하는 것이다. 이렇게 함으로써 전래동화에 드러난 표면적 내용에 집착함으로써 갈등을 일으키거나 무가치한 내용으로 치부하려는 마음에서 벗어나 전래동화 자체가 말하고자 하는 바와 우리의 현재 지평이 융합에 이르게 되는 것이라고 본다.

이 외에도 현대의 가치관에 비추어 볼 때 갈등을 일으키는 부분을 포함하고 있는 <고려장 이야기>의 일부를 제시하면 다음과 같다.

…"에잇! 저 기침 소리, 듣기 싫어 죽겠군." 아들이 재떨이에

담뱃재를 털면서 못마땅한 듯 불평을 했습니다. "아이구, 나
는 매일 똥오줌을 받아내요, 정말 지겨워 못살겠어요." 하고
며느리도 짜증을 내었습니다.… (중략) …결국 아들은 아버지
를 더 이상 모시고 살기가 싫어지자 지게에 싣고 가서 산에
버리고 오기로 하였습니다.… <고려장 이야기> 중에서.

위에 제시한 <고려장 이야기>는 늙고 병든 아버지를 산에 내
다 버리려는 못된 아들의 이야기가 등장한다. 그러나 위의 경우
와 마찬가지로 효 사상과 어긋나는 바람직하지 못한 내용이라
고 외면하거나 개작의 필요성과 방향을 논하기보다는 이러한
표면적인 문제점에도 불구하고 여전히 오랫동안 많은 사람들이
이 동화를 즐겨 읽고 이야기하는 이유가 무엇일까 생각해 보는
것이 필요하다고 본다.

이에 관한 연구자의 이해는 다음과 같다.

이는 오랜 세월 동안 병치레를 하고 있는 부모의 병 수발을
드는 자식들의 입장에서 어쩌면 본능적으로 한 번쯤 가졌음직
도 한 생각이 먼저 등장한다는 점에서 오히려 설득력이 있다.
우리는 모두 이성적인 인간들이고, 따라서 늙고 병든 부모를 거
추장스러워하는 감정을 이성적으로 억누르며, 그것이 진짜 자신
의 감정이라고 여겨왔을지 모른다. 그러나 자신도 모르게 부모
를 거추장스러워하는 감정이 솟아오를 때는 자신이 불효를 하
고 있다는 심한 죄책감을 느끼게 될 수 있다.

그러나 이러한 동화를 통해 그러한 생각이 단지 자신만이 느
끼는 것이 아니며, 오히려 동화의 결말 부분에서 자신의 잘못을
뉘우치고 효성스러운 마음을 다잡게 되는 주인공의 이야기를
통해 일종의 안도감과 심리적 만족감을 느끼게 될 수 있으며,
전통적인 효 사상에 대한 생각을 새롭고 깊이 있게 해보게 되

는 계기로 작용할 수도 있을 것이다.

이러한 지평의 융합을 위해서는, 전래동화 텍스트의 구절 자체에만 주의를 기울여서는 안 되며, 한 발짝 거리를 두고 조금은 멀리 떨어져서 다시 한 번 그 의미를 음미해보는 것이 필요하다. 이것이 바로 가다머와 리꾀르가 말하는 일종의 "참여와 소원의 변증법"으로서, 전래동화가 말하는 표면적인 것에만 주의를 기울이다 보면 전래동화가 우리에게 진정으로 말하고자 하는 바를 놓치거나 왜곡하게 될 수 있음을 상기해야 할 것이다. 전래동화를 이해함에 있어서는 언제나 그 텍스트 자체에 깊이 참여하는 과정과 텍스트로부터 한 걸음 물러서서 은유적 의미로 다시 마주해 보는 과정이 반복적이면서도 변증법적으로 지속적인 순환의 과정으로써 밟아나가는 것이 필요하다고 보인다.

다시 한 번 여기서 생각해야 할 점은, 현대적 시각에서 볼 때 갈등이 유발되는 부분이라고 해서 인위적인 개작을 시도할 필요는 없으며, 또한 그렇게 해서도 안 된다는 점이다. 전래동화가 지니는 역사성은 매우 자연스러운 역사성이므로 민중의 호흡과 숨결 속에서 자연스러운 수정과 변화과정을 거치도록 해야 하는 것이다.

표면적으로 드러나는 내용이 현재 우리의 삶에 비추어 갈등을 유발하는 가치를 전달할 수 있다고 해서 이것을 가치롭지 못한 전통이라고 여기며 교육현장에서 보이지 않는 한 곳으로 밀어두는 것은 적절한 판단이 아니라고 본다. 전래동화가 먼 과거로부터 지금까지 전해 내려올 수 있었던 것은 그만큼 어린이들은 물론 성인들의 가슴에 파고드는 그 무엇인가가 있었음을 전제하고 이면에 담겨진 보다 풍부한 의미들을 읽어내고 무엇이 우리의 역사 흐름에 전래동화가 늘 함께 숨쉬고 있도록 하는 내적인 힘이 되었는가를 파악해내는 것이 필요하다고 본다.

우리는 전래동화 텍스트 속에서 사태가 던지는 물음에 주목함으로써 그 물음에 맞게 자신의 제한된 지평과 이로 인한 지평의 갈등을 넘어설 수 있는 개방성을 지녀야 할 것이다. 또한 전래동화를 조금은 낯설게 보고 이를 새로운 무언가로 재창조해낼 수 있는 특성인 창조적 부정성(否定性)을 획득해야 하는 것이다.

이렇게 함으로써 앞서 말한 전래동화의 특성인 숨결의 여백을 활용하며, 전래동화의 원형을 훼손하지 않고 참된 전통으로서의 가치를 보다 풍부하게 드러내어 우리의 현재 삶 속에 귀중한 자산으로 자리매김하게 될 것이라고 생각한다.

이렇듯, 우리나라 전래동화가 지니고 있는 은유적 표현, 비유적 표현 등은 그만큼 전래동화의 여유로운 의미공간을 의미하는 것으로, 우리는 이 공간에 우리의 숨결과 목소리를 불어넣음으로써 전래동화가 독자적으로 우리에게 말하는 바와 우리의 현재 지평이 만나는 공간으로 활용하여 표층적인 의미의 교훈적, 교조적 내용으로서의 전래동화만이 아닌 그보다 훨씬 풍부하고 다층적인 의미를 생산해 내는 것으로 다가오게끔 해야 할 것이다. 또한 전래동화를 통해 말하여진 것 배후에는 언제나 말하여지지 않은 것이 존재하며, 이러한 측면이 다양한 개방적 목소리를 통해 이해됨으로써 항상 최종적인 결말에 이르게 되며 우리에게 생기(生起)로서의 드러남의 과정에 있도록 해야 한다. 이는 마치 법조문이 구체적 상황 속에서 새롭고 다르게 이해될 수 있듯이 전승된 전래동화의 내용도 역사적 현실 속에서 새롭게 그 생명력을 획득할 수 있음을 뜻한다.

3. 한국 전래동화의 현대 유아교육적 함의

본 장에서는 앞의 전래동화의 의미구조 분석과 전래동화에 대한 해석학적 이해의 지평을 넓히는 과정을 통해 도출된 한국 전래동화의 현대 유아교육적 함의를 논하고자 한다. 이는 첫째, 생활세계적 환원성, 둘째, 행간의 의미 지향, 셋째, 놀이공동체적 실천의 장(場), 넷째, 대화 실천의 장(場), 다섯째, 전통의 개방성과 전래동화의 열린 결말: 미래적 희망으로서의 대화성으로 나누어 살펴보도록 한다.

1) 생활세계적 환원성: 다양한 생활세계에 대한 수용과 이해

우리가 전래동화를 접하는 것은 원초적 세계와의 접촉을 가능하게 해 주는 통로가 된다. 이 안에는 서민들의 일상적 삶과 다양한 희노애락(喜怒哀樂)이 포함되어 있으며 이러한 다양한 삶의 양태에서 유아들은 굽이굽이 넘어가야 할 삶의 여러 고비와 애환 등을 간접적으로 경험하며 내면화하게 될 것이다.

인간은 시대를 막론하고 언제나 각 상황마다 염원을 담고 있으며 이 염원을 풀어내는 다양한 방식과 지혜 등은 유아들에게 삶이란 무엇인가를 알려주는 좋은 자산이 된다.

전래동화의 상당수가 당시 서민들의 생활상을 담고 있거나 풍자한 것들임은 앞에서 살펴보았다. 또한 이에는 당시 사회의 경직된 가부장적 계급질서라든가 사농공상의 신분제 및 여러 가지 사물이나 현상의 발생적 유래들을 담고 있는 것들도 있다.

아동들은 주변 인물들의 생활상과 사회제도 및 관습, 역사로부터 스스로 소재를 찾아 아동들이 이해한 주변 세계의 '의미' 그 자체를 담아냄으로써 전래동화를 향유하였던 것이다.

전래동화가 지니는 이러한 측면은 아동에게 어떠한 교훈적 의미를 전달한다고 하는 추상적 덕목 위주의 지도가 아닌, 생활의 아주 구체적인 일상들로써 내면화된다는 것을 의미한다. 아동들은 전래동화를 통해 과거 전통사회에서의 가장 일상적인 삶의 단편들을 읽어낼 수 있게 된다. 또한 아동들은 전래동화에 담겨있는 내용들을 듣고 단순히 내면화하는 것 뿐 아니라, 자신을 둘러싼 생활세계 속에서 스스로에 의한 다양한 형태의 적극적인 의미부여 관계를 형성시켰던 것으로 볼 수 있다. 이러한 측면에서 볼 때 전래동화를 통해 그 표면에 드러나 있는 교훈적인 내용에만 주의를 기울이고 이것을 아이들에게 주입하고자 하는 유아 교사들의 반성이 필요한 부분이라고 본다. 한국의 전래동화가 지니는 다양한 의미와 가치들을 이해하고 기존의 교육방법에 대한 유아교사의 반성적 사고가 뒷받침될 때 현대의 유아교육에서 추구해야 할 아동 중심적 교육, 아동 주체적 교육이 비로소 제 빛깔을 찾아갈 수 있을 뿐만 아니라, 유아들을 기능적으로 가르치려고만 하는 것에서 벗어나 유아 자체를 존재론적으로 이해하는 길이 되리라고 본다.

2) 행간의 의미 지향: 삶의 행간을 경험하고 읽어내는 익살과 해학의 지각

전래동화를 통해 한국의 전통사회는 유교, 불교, 도교, 무속신앙 등의 세계관 속에서 엄격한 가부장적 사회질서와 많은 금기와 격식이 요구된 사회였음을 알 수 있다.

그러나, 전래동화의 내용들을 살펴보면, 이러한 가운데서도 가장 많은 동화들이 지혜, 재치, 기지 등을 다루고 있음을 앞 장에서 이미 논한 바 있다. 이러한 측면에서 볼 때 우리나라 전통사회의 대다수 서민들은 풍부한 해학과 풍자를 즐긴 사회였음을 알 수 있다. 유아를 양육함에 있어 엄격한 질서와 훈육 등을 강조했던 유교적 전통의 이면에는, 이러한 전래동화들을 통해 자유로운 정서의 해방과 희망적 탈출구로서의 측면을 담지하고 있었음을 읽어낼 수 있다.

단순한 말장난 식의 유머나 재미를 담고 있는 <진지 담배>, <끝 없는 이야기>라든가, 양반 사회에 대한 서민들의 풍자와 비판 의식을 담고 있는 <슬기로운 아이>, <훈장님의 곶감>, <차돌 깨무는 호랑이>, 설화적 유래를 동화로 담아낸 <선녀 바위>, <울산 바위>, 특별한 수고로움이나 인내 없이도 행운을 받게 되는 내용을 통해 서민들의 답답한 삶의 한 켠에 희망을 담아내는 <돌부처에게 비단을 판 바보>, <요술 방망이>, <뒹굴어서 벼슬한 농부> 등은 당대 서민들의 생활 전반과 이에 담긴 의미들을 표현해 내고 있다.

이와 같이 전래동화에 담긴 다양한 내용들은 아동기 특유의 지적 호기심과 억압된 정서 표출의 욕구를 해소시켜줌과 동시에, 익살과 해학의 풍요로운 정서를 함양함으로써 다양한 인간관계술과 여유 및 관용의 정신을 경험하는 데 중요한 역할을 한 것으로 보인다. 즉, 아동으로 하여금 익살과 해학을 통해 이성과 논리의 세계만이 아닌 포용과 달관의 풍류적 세계를 접하게 함으로써 정신의 여유와 융통성을 체득하게 하였던 것이다. 이는 형식과 비형식, 절제와 너그러움, 원칙과 파격의 양 측면이 공존하는 삶의 행간 속에서, 단순 논리로는 설명될 수 없는 삶의 복잡성과 다면성의 세밀한 차이와 그 미묘한 의미들을 감지하고 이해하는 경험이 되었다고 보여진다(유혜령, 2001).

이러한 삶의 행간을 경험하고 읽어내는 과정은 의도적인 교육과정으로 계획되거나 실천될 수 있는 것이 아니라, 이러한 내용이 담긴 전래동화들을 접하는 과정에서 자연스럽게 습득되며 이러한 과정을 통해 아동의 삶과 사고의 변화과정에 의해 심화되는 사고의 지평 확장에 의해서만이 비로소 가능해지는 것이라고 할 수 있다.

한국 전래동화가 지니는 이러한 측면은 아동으로 하여금 이론과 논리로써만은 설명될 수도, 이해될 수도 없는 세계의 다층적이고 복잡한 특성을 체험하고 이해할 수 있는 역할을 한다는 데에서 유아교육적인 함의를 발견할 수 있다.

이러한 전래동화의 상호텍스트성을 생각해볼 때 현대의 유아교육이 나아가고 취해야 할 방향은 이러한 다양한 내용들이 서로 얽혀있는 전래동화를 통해 일상적 삶이 지니는 희노애락과 복잡하고 다원적인 성격에 충실한 교육을 실천하는 일이다.

3) 놀이공동체적 실천의 장(場) : 성인과 유아가 함께 즐기는 놀이의 터전

전래동화는 분명 어린이들을 대상으로 하는 동화임은 분명하지만, 이를 엮어내고 전달하는 것은 대부분 성인의 몫이었기에 그 안에는 어린이들의 생각뿐만 아니라 성인의 관점에서 풀어내는 성인의 시각이 다분히 포함되어 있음은 당연한 것이다. 따라서 전래동화는 어른과 아이가 함께 즐기는 공동체적 실천을 위한 하나의 놀이이다. 또한 전래동화는 아동의 눈에 맞추어 그들의 생명력 넘치는 장난기와 성인의 이상적인 꿈이 함께 엮어내는 공동의 내러티브이다.

한국 전래동화의 전체적인 특징을 살펴볼 때 그 대다수가 성인 및 지역 사회의 구성원들과 아이들이 함께 만들어내고 함께 즐기는 공동의 놀이이자 공동의 담론이었음을 알 수 있다. 전래동화는 아이들을 위한 것임은 분명하지만, 그 발생과 발전의 과정은 상당 부분 성인들의 몫이었기에 그 안에 성인의 목소리와 눈빛이 담겨 있음은 당연한 것이다.

전래동화를 들려주는 성인들은 단지 아이들을 즐겁게 하거나 혹은 교훈을 주기 위해서만이 아니라, 그러한 전래동화를 들려주는 과정을 통해 자신들 또한 함께 즐기는 상호적 즐거움을 맛보았다. <슬기로운 아이>, <거짓말쟁이 사위 보기> 등의 동화를 통해서 양반 사회의 부조리나 모순을 날카로우면서도 해학적인 몸짓으로 타개한다거나, <토끼의 꾀>, <호랑이와 나그네> 등의 동화에서는 역시 호랑이로 상징되는 양반 사회를 풍자하는 내용으로, 현실 생활에서는 직접적으로 드러내기 어려운 양반 사회에 대한 서민들의 한(恨)과 응징을 드러냄으로써 서민들에게 대리 만족의 즐거움을 느끼게 하였던 것이다. 이러한 동화들은 분명 어린이들을 대상으로 하는 것이면서도, 호랑이가 힘 없는 토끼에게 꼼짝 없이 당하는 모습을 이야기하는 성인들의 얼굴에 후련한 웃음이 싱긋이 배어 나오는 모습이 그려지는 부분이다.

이러한 측면에서 볼 때 전래동화의 본질이 비록 유아들을 대상으로 하는 것에 있다 하더라도, 주변 성인과 즐거움을 함께 공유하는 공동의 놀이 공간으로서의 성격을 지니고 있음을 읽어낼 수 있다.

또한 전래동화에 몰입하는 참여자들간에는 동화의 성격 자체를 기준으로 하여 음성이나 몸짓, 표정 등을 통해서 이미 상대의 기분과 의도를 읽어낼 수 있게 하는 해석적 기능을 경험한다. 따라서 전래동화를 나누는 과정에 참여하는 주체들은 '대화 속에 있는 인간의 모습'을 나타내는 것(유혜령, 2001)으로, 공동의 관심사를 소재로 한 자신들 존재의 드러냄과 형성의 과정이 깊이 참여하게 되는 것이다. 이는 한국 전래동화가 지니는 공동체적 성격이 동화를 서로 나누는 과정을 통한 상호이해적 교감이라는 교육적 의미를 지니고 있음을 말해주는 것으로써, 전래동화가 지니는 또 다른 의미의 영역을 드러내주는 부분이라고 할 수 있다.

4) 대화 실천의 장(場) : 성인과 유아의 계속적 대화 - 다양한 이야기에 귀 기울이기

우리나라 전래동화는 어른과 아이의 공동의 담론인 바, 전통의 지평과 현대의 지평이 교집합을 이룬다. 또한 이는 오늘날 우리의 유아교육이 성인 위주로 되어 가고 있는데 반해, 전래동화는 아동의 눈과 목소리를 담고 있었다는 점에서 현대 유아교육에의 시사점을 주는 중요한 부분이 된다.

우리나라 전래동화가 지니는 여백의 특성은 앞에서도 이미 살펴본 바 있다. 이러한 해석적 여백은 아동의 목소리를 초대함으로써 전래동화를 들려주는 성인과 듣는 유아 간의 대화를 활성화해 준다는 의미를 지닌다. 유아는 서술의 형태가 매우 간략한 전래동화를 들으면서 자신의 이야기, 즉 처해있는 상황과 경험한 바를 자신의 목소리로 불어넣을 수 있게 되는 것이다. 이러한 가운데 성인은 유아가 이야기하는 바를 동화에 반영하여 틀에 박힌 구조적 모습으로가 아닌, 다양한 형태로 변형되는 이야기를 들려주게 되는 것이다.

아이는 청자의 입장으로서만이 아닌 자신의 생각과 숨결을 불어넣으며 이야기하는 새로운 창조자로서의 화자로서 성인과 계속적인 대화를 주고받게 된다. 이러한 과정을 통해 전래동화는 유아에게 일반적이고 보편적인 교훈적 의미로서의 동화가 아닌 새로운 의미의 동화로 재탄생하게 된다.

가다머는 역사적 전통과의 해석학적 경험을 일상적인 대화(dialogue)의 구조와 동일시하고 있다. 즉 과거와 현재가 매개되는 방식이 두 사람의 대화를 통해 공통된 합의를 창출해 가는 방식과 동일하다는 것이다. 다시 말해 전승된 내용과 마주 선 현재의 탐구자가 스스로 물음을 던짐으로써 전승과의 대화가 비로소 시작될 수 있다는 것이다.

또한 사태가 언어 속에서 동일하면서도 항상 다르게 나타날 수 있다는 점, 역으로 이야기하면 해석은 사태를 동일하면서도 다르게 드러낸다는 역설은 바로 언어가 가진 사변적 성격에 속한다. 이렇게 볼 때 모든 해석은 사변적이고 모든 독단적 신념을 넘어서서 무한한 의미 그 자체를 꿰뚫어 보아야 한다. 이런 해석은 전래동화와의 변증법적 대화를 통해 그 텍스트의 이면으로 거슬러 올라가서 말하여지지 않은 새로운 답변의 가능성을 타진해 보는 작업이 된다.

이러한 과정에서 목소리의 공유는 대화공동체의 전제조건으로 이해되어야 한다. 우리가 대화와 질문을 통하여 다른 목소리를 공유하면 할수록 우리는 그 목소리로부터 주어지는 선물로 더욱 풍요한 의미를 얻을 수 있다. 우리는 계속적으로 유보된 이해를 통하여 다양한 목소리를 공유함으로써 더욱 깊은, 풍요한 의미를 찾아야 한다. 대화 중에서의 반대 의견은 반대가 아니라 풍요로운 의미와 삶의 전제조건임을 인식하고 타인의 목소리를 조화롭게 다양화시키고 이해를 유보하여야 한다(진권장, 1997).

5) 전통의 개방성과 전래동화의 열린 결말: 미래적 희망으로서의 대화성

주어진 해석학적 상황 속에서 한국 전래동화는 변함 없는 객관적 사물처럼 있는 것이 아니고 항상 우리를 향해 무엇인가를 말하고 있다. 즉, 전래동화 자체는 우리의 역사성의 지평 안으로 이미 주어져 있는 것이라고 할 수 있다. 따라서 전래동화는 선입견 없이 해석되거나 이해될 수 없으며, 이러한 선입견은 우리 현존재가 있을 수 있게 한 전통에서 비롯되는 것이다. 그러나 이해는 전통에서만 나오는 것은 아니고, 나 자신의 자기이해에서도 나온다.

전래동화에 대한 진정한 이해는 나의 선입견을 전래동화에 투영하고 반영하는 일이 아니다. 해석학적 이해에서 타자(other)의 '타자성(otherness)'에 대한 열린 자세, 즉 전래동화를 나에게 진정으로 말하고 있는 생명력 있는 상대자로 인식할 때 우리는 전래동화를 나의 관점으로 지배하려고 하기보다는 경청하고자 하며, 전래동화가 말하고 있는 바에 의해 나 자신을 수정하려고 하는 개방적 사고를 갖게 된다. 이것이 가다머가 말하는 영향사의식(effective-historical consciousness)의 중요한 의미이자 참다운

나-너 관계 유형이다.

또한 해석학적 관점에서 볼 때 의미를 이해하고 해석하는 일은 주어진 내용이 고정된 의미를 담고 있는 완결된 생산품으로서가 아니라, 끊임없이 새로운 의미를 탄생하게 하고 기존 의미와의 불협화음을 중재하고 협상하게 하여 점차 고차의 인식에 이르게 하는 의미의 생산과정으로 현상을 경험하는 일이다. 그것은 인간의 담론과 행위를 비롯하여, 사회문화적 제도나 관습, 예술작품 및 놀이 행위 등의 다양한 표현 수단들이 지닌 텍스트로서의 근원적인 성격이며, 이를 이해하는 인간의 근본적인 해석행위를 가리킨다(유혜령, 2001). 이렇게 볼 때 해석자는 텍스트 의미의 개방성을 전제로 반복적으로 순환되는 변증법적 사고의 과정을 거쳐 세계에 대한 이해의 지평이 확장하게 되는 것이다.

우리나라 전래동화는 항상 부분적으로는 고유한 측면이 있으나, 다른 한편으로는 계속해서 변화하는 그 무엇을 경험하게 한다.

가다머(1996)는 전통이란 '여러 세대를 거치면서 역사성을 지닌 채 축적되고 침전된 가치 및 신념 체계, 세계관 속에 내재하는 것'으로, 우리의 언어 체계에 가장 체험적으로 집약되어 있다고 보았다. 시공간의 제한 속에서 살아가는 인간은 과거 및 현재, 미래와 연결된 근원적으로 역사적 존재로서, 그가 이룩하는 모든 이해 및 앎의 존재론적 속성은 필연적으로 역사성을 띠고 있다. 이는 한 개인에게 있어서 현재의 이해 수준과 삶의 형식들이 과거로부터 전승된 언어 속에 내포된 의식이나 지각 방식 등에 의해 지속적으로 영향을 받고 있기 때문이다. 따라서, 그의 이해와 앎의 과정은 존재의 본질적인 언어성과 역사성 속에서 형성된 선이해와 선입견 속에 의존하고, 이것에 의해 제약 당하며 또한 발전하게 되다. 이는 가다머가 '영향사적 의식(historically effected consciousness)'이라는 용어로 표현한 전통의 개념이다(유혜령, 2001).

역사성을 지닌 전통이란 개념은 동질성, 고유성과 함께 미래지향적 개방성과 변화성을 함께 가지고 있는 내용이다. 마치 한 개인 '홍길동'이 그의 삶의 여정이 계속됨에 따라 인간 됨 자체가 서서히 변화하고 성숙하면서 '같으면서도 달라지는' 모습을 지니는 것과 같다. 그 속에서 '옛것'은 단순히 시간상의 과거를 의미하는 것이거나 오늘과 단절된 것이 아니라, 오늘 속에서 그 삶을 판단하는 기준으로 작용하고 있는 것이다(이홍우, 1990).

우리나라 전래동화도 이러한 측면에서 이해될 필요가 있다. 오랜 세월을 거쳐 현재에까지 전승되어 온 전래동화를 시대와 사회의 가치관 변화에 아랑곳없이 획일적인 가치로 이해하고 논의하는 것은 결국 전통적인 것의 절대적 가치를 숭배하는 전통주의나 복고주의 현상으로 귀결시키는 결과를 낳게 하는 것이다. 따라서 유아교육 현장의 교사들은 한국의 전래동화가 과거와 현재, 미래가 이전의 것과 새로운 것 사이의 끊임없는 갈등과 수정 및 변화를 거듭하며 연속적으로 이어지게 해주는 그 무엇이 될 수 있도록 해야 한다. 이러한 점에서 전래동화의 미래지향적인 성격이 창조될 것이며, 전래동화라는 우리의 전통이 현대의 유아교육에서 가치롭게 자리매김하게 될 것이다.

전래동화가 지니는 이러한 측면은 아동의 입으로 연속하여 쓰여지고 그들의 목소리를 농도 있게 담아내는 전래동화의 열린 성격으로, 미래적 희망으로서의 대화성을 의미한다.

우리나라 전래동화가 지니는 단순한 서술 형태 및 의미구조는 앞서 말한 바와 같이 화자의 목소리를 초대하는 여백을 지니고 있다. 이는 현재의 화자(독자)가 자신의 삶 속에서 의미를 재창조하도록 함으로써 전통이 현재화되는(be present) 지평융합을 제안하는 역할을 한다고 볼 수 있다.

이러한 열린 삶의 방식, 열린 교육의 방식을 통해 한국 전래동화라는 전통 텍스트로부터 경직되고 피상적인 삶의 방식을 이상적인 삶의 모형으로 전수받는 것이 아니라, 현대 사회의 유아교사와 유아들로 하여금 주체적 해석자로서 자신의 가치를 재발견하고, 자신의 목소리 뿐 아니라 공존하는 타인의 다양한 목소리를 귀담아 듣고 현대 사회에서 그들과 함께 공존할 수 있는 방법을 모색하는 교육이 요청된다.

이러한 측면에서 볼 때 교사의 역할은 이 열린 공간을 확대하여 표면적으로 떠오르는 전래동화의 겉모습을 옛 유물로 물려받는 것이 아닌, 우리나라의 오랜 역사를 거쳐 내려오면서 첨가되고 삭제되며 정제된 참 모습을 알고 현재의 우리들 또한 그 흐름의 연장선상에 놓여 있음을 바로 파악하는 일이다.

또한 닫힌 교훈성이 아닌 열린 교육성으로 그 가치를 평가하고 열린 텍스트로 수업에 활용하는 자세와 지혜가 필요하리라고 본다. 이는 진정으로 아동의 목소리와 관점을 활성화하는 일로서 전통과 현대, 유아와 성인간의 대화를 촉진시키는 '공간(space)'을 전래동화 텍스트 안에 창조하는 일이 될 것이다.

4. 해석과정에 대한 연구자의 반성

본 연구에서 한국 전래동화를 해석학적으로 이해하던 과정은 한국 전래동화를 앞에 두고 일정한 틀에 갇혀 있던 나를 깨고

나 자신을 드러내는 일련의 작업이었다. 또한 한국 전래동화를 해석한다는 것은 곧 나 자신을 이해하는 일이기도 했다.

해석학의 궁극적 과제는 그것이 구어이든 문어이든, 개방적인 대화 분위기 속에서 열린 논의를 유지하게 하는 것(진권장, 1997)으로, 연구자 또한 이러한 해석학의 본질적 바탕 위에서 한국 전래동화에 대해 연구자에게 생기(生起)하는 다양한 측면들을 이해하고자 하였다.

해석이란 과거에 머무르는 것이 아니라 나의 지평을 안고서 과거의 사상과 끊임없는 대화를 하는 것이다. 한국 전래동화를 해석하는 과정에서의 양 끝 점은 바로 한국 전래동화 그 자체와 나 자신이다. 이러한 이해의 과정에 통찰을 제공하는 것이 바로 해석학이며 따라서 한국 전래동화에 대한 해석학적 이해가 이루어지지 않고는 한국 전래동화는 그 분명한 모습을 우리에게 드러내지 않을 뿐만 아니라 우리가 처해 있는 현실과는 동떨어진 과거의 그 무엇일 수밖에 없다.

해석학적 이해는 과거의 것을 현재에 되살리며 동시에 미래를 구성해 가는 원동력이 된다. 이러한 과정 속에서 한국 전래동화는 그것이 지닌 참 의미를 드러내며 그 참 의미에 관한 이해는 한국 전래동화가 오랫동안 지녀 온 가치를 보다 충만하게 해준다.

한편 해석과정에 있어서의 연구자의 존재는 현재 연구자가 처해 있는 세계와 동떨어질 수 없는 것이다. 연구자는 어린 시절 많은 한국 전래동화를 접하며 성장하였고, 유아 교사로서 유아들에게 다양한 전래동화를 들려주기도 하였다. 현재는 한국 전래동화가 담고 있는 다양한 의미들을 이해하고자 하는 목적에서 이미 연구자가 한 번은 접해 보았던 많은 전래동화들을 새로운 이해의 시각으로 살펴보고자 하였다. 이러한 바탕 위에서 연구자는 본 연구를 통해 한국 전래동화에 대한 연구자 자신의 선이해를 안고서 나 안에 담겨 있는 '타자(他者)'를 느끼며 새로운 이해를 구성해 나가는 변증법적 순환의 과정을 밟아 나갔으며, 이를 통해 그간 가지고 있었던 한국 전래동화에 대한 이해의 지평을 넓힐 수 있었다.

이러한 변증법적 순환의 이해 과정 속에서 연구자는 한국 전래동화에 대한 보다 깊고 풍부한 지평의 확장을 이룰 수 있었다.

이는 '해석은 기록된 논의(text)의 약점에 대한 치유(Ricoeur, 1977)'라는 측면에서 연구자에게 한국 전래동화에 대한 기존의 선이해의 틀을 깨고 새로운 이해의 확장을 구성해 나가는 유용한 과정이었다.

연구자는 전래동화를 앞에 두고 과거의 어느 시점으로 되돌아가려 하기보다는 전래동화가 나에게 말하고자 하는 바를 충실히 듣고자 하였다. 이를 통해 한국 전래동화가 현대 유아교육에 주는 의미와 이해의 차원을 달리 하려는 나름의 목소리를 가질 수 있었으며, 더 나아가 이러한 해석의 과정에서 나 자신의 존재 성숙을 가져왔음을 이야기할 수 있다.

그러나 한편으로는 연구자의 좁은 식견과 소견으로 유구한 우리 전통의 사상과 문화, 그리고 선조들의 삶을 이해하고 해석해 내는 데 나의 부족함을 많이 깨닫게 되는 계기가 되기도 하였다. 또한 이미 오랫동안 나의 머릿속을 지배해 왔던 전래동화의 내용에 관한 선입견의 틀을 깨고 개방적인 자세와 귀 기울임으로 새롭게 마주한다는 것은 생각보다 훨씬 어려운 고통을 수반하는 과정이었음을 고백한다.

해석학의 최종 목표가 '자기 이해'에 있는 것이라면, 연구자는 이러한 해석학적 이해의 과정을 통해 존재가능의 세계를 지시하는 텍스트 앞에서 전래동화 텍스트의 세계와 명제가 펼치는 의미를 통해 연구자 자신을 이해하는 시간이 되었다. 다시 말해, 본 연구의 과정 내내 연구자가 경험한 바는 전래동화 텍스트 앞에서의 길고 지난한 자기 이해의 과정이었다고 할 수 있다.

V. 요약 및 결론

1. 요 약

본 연구는 과거 우리나라 전통사회로부터 지금까지 전래되어 온 한국 전래동화를 보다 깊이 이해하고자 하는 목적에서 수행 되었다. 이를 위해 연구자는 해석학적 이해의 통찰을 바탕으로 하여 다음의 연구문제를 설정하였다.

첫째, 한국 전래동화의 의미 구조는 어떻게 이루어져 있는가?

둘째, 한국 전래동화의 의미는 어떠한 이해의 지평 속에서 구 성되는가?

셋째, 한국 전래동화의 현대 유아교육적 함의는 무엇인가?

본 연구에서 연구자는 한국 전래동화 102편을 대상으로 연구 자가 본래 한국 전래동화에 대해 가지고 있던 선이해를 바탕으 로 설명적 차원과 이해의 차원을 계속적으로 순환하며 점차 연 구자의 이해의 지평을 넓히는 변증법적 순환과정을 밟아왔다.

이에 본 장에서는 본 연구의 연구문제를 중심으로, 도출된 연 구자의 이해를 요약하여 제시하고 현대 유아교육에의 시사점을 제안하고자 한다.

먼저, 본 연구의 첫 번째 연구문제인 "한국 전래동화의 의미 구조"는 다음과 같이 요약된다.

본 연구의 연구대상 동화 102편을 표면적 의미구조 중심으로 주제별 분류한 결과 5가지의 유형과 13가지의 주제로 나누어졌 다. 이는 '현명함·지혜·재치', '유래', '욕심부리지 않기', '착한 사람에게는 복을' 등이 연구대상 동화의 절반 이상을 차지할 정도로 다수를 이루고 있었다. 한국 전래동화는 이러한 주제들을 드러내는 데 여러 가지 다양한 에피소드들을 활용하고 있었으며, 이러한 에피소드들은 주로 서민의 일상적인 삶과 문화를 바탕으로 이루어져 있음을 알 수 있었다. 또한 한국 전래동화에 드러난 다양한 내용 주제들은 결국 서민의 억압과 불평을 시작으로 해서 그들의 이상인 '평등한 사회, 평등한 삶'을 꿈꾸는 것으로 모아질 수 있다.

다음은 본 연구의 두 번째 연구문제인 "한국 전래동화의 의미는 어떠한 이해의 지평 속에서 구성되는가" 하는 점을 살펴보자. 이는 앞에서 제시한 표면적 중심 주제를 바탕으로 연구자의 이해의 지평을 보다 넓혀 가는 과정이었다. 이는 다음의 네 가지로 요약된다.

첫째, 한국 전래동화가 지니는 언어와 역사성은 구전되어 온 한국 전래동화의 전통을 글로 남김으로써 텍스트의 확실성을 부여하며, 언어를 매개로 우리가 과거의 것을 마주치게 하는 역할로써 작용한다. 특히 전래동화의 간결한 언어와 축약된 묘사는 현대의 우리에게 숨결의 여백을 불어넣는 장치로서의 역할을 한다. 이러한 언어적 특성을 통해 전래동화라는 먼 과거로부터 전승되어진 낯선 것을 우리에게 현재화하게 하는 가치를 지니게 된다.

둘째, 한국 전래동화는 당대 민중의 목소리를 농도 있게 담아내고 있으며, 곳곳에 당시 서민들의 삶에 관한 희노애락이 묻어있었다. 또한 한국 전래동화는 특정한 시대나 특정한 인물들에게나 있을 법한 이야기를 담고 있다기보다는 언제나, 누구에게나 있을 법한 삶의 단편들을 드러냄으로써 가장 일상적인 생활

세계를 파악할 수 있게 한다. 이것은 한국 전래동화가 지니는 생활세계적 일상성으로서, 전래동화에 담긴 내용들을 통해 당시 서민들의 일상적인 삶을 현재의 우리 것으로 내면화하게 해주는 중요한 특성이 된다.

셋째, 한국 전래동화는 전통사회의 다양한 종교, 정치, 경제, 문화 등이 한 데 어우러진 사회문화적인 상호텍스트성의 특성을 지닌다. 각각의 전래동화 한 편에는 당시의 사상과 문화, 그리고 해학과 즐거움이 복합적으로 조합되어 상호교차하면서 이루어지는 인용의 모자이크이다. 이러한 상호교차되는 텍스트로서의 특징을 지닌 한국 전래동화는 우리에게 다양한 의미의 즐거움과 재미를 주는 구실을 한다.

넷째, 한국의 전래동화는 표면적인 내용으로 볼 때 현대의 우리 삶과 갈등을 유발하는 측면을 종종 드러낸다. 그러나 전래동화를 이해함에 있어 전래동화를 하나의 '대상'으로 규정하기보다는 나에게 진지하고 풍부한 말을 걸어오는 대화상대로 규정함으로써 이러한 갈등을 넘어서는 지평의 융합에 이르게 된다. 우리는 이를 위해 표면적으로 드러나는 액면 그대로의 말에 집중하거나 집착하기보다는, 이에 담긴 은유적 의미를 읽어냄으로써 유아들의 다층적 사고를 형성시킬 수 있는 계기로 삼을 수 있도록 항상 전래동화를 향한 개방적인 귀와 마음을 열어두어야 한다. 또한 전래동화를 즐기는 아동과 성인의 자연스러운 숨결과 호흡으로 당시의 시대적 상황을 전체적 맥락 속에서 농도 있게 담아내는 미래적 대화성이 바탕이 되면, 단순하고 표면적인 이해를 넘어 보다 깊고 풍부한 측면들을 이끌어낼 수 있다.

한국 전래동화가 민중의 시각에서 민중의 목소리를 담아 내며 긴 세월을 거쳐오는 동안 자연스럽게 당대의 문화와 사상을 반영하게 되었듯이, 현대를 살아가는 시점에서도 역시 첨가·삭제·변형 등의 자연스러운 변화의 과정이 필수적으로 포함된다. 이렇게 볼 때 한국 전래동화는 더 이상 우리가 단순히 물려받아야 할 낡은 전통이 아니라, 현재의 우리를 거치며 세월의 흐름에 따라 미래에도 함께 하게 될 현재의 우리 문화인 것이다. 이러한 우리의 귀중한 자산을 현재와 미래를 거치며 유아들을 위해 귀하게 활용하고 더욱 풍부한 교육의 장이 되도록 하기 위해서는 한국 전래동화가 교사와 유아 모두에게 생기(生起)할 수 있도록 끊임없는 이해의 순환과정을 거쳐야 할 것이다.

　이러한 측면에 비추어볼 때, 세 번째 연구문제인 '현대 유아교육에 주는 함의'는 다음의 다섯 가지로 요약될 수 있다.

　첫째, 생활세계적 환원성으로서의 한국 전래동화이다. 현대의 유아들이 전래동화를 접하는 것은 원초적 세계와의 접촉을 가능하게 해주는 것으로, 이를 통해 유아들은 전통사회 서민들의 일상적 삶과 다양한 희노애락의 양상을 경험하게 된다. 이러한 다양한 삶의 양태를 통해 유아들은 굽이굽이 넘어가야 할 삶의 여러 고비와 애환 등을 내면화하게 되며, 궁극적으로는 삶이란 무엇인가에 관한 유아 나름대로의 세계관을 구성하게 될 것이다.

　둘째, 행간의 의미를 지향하는 한국 전래동화이다. 한국 전래동화에 담긴 다양한 종교, 사회, 문화적 가치와 이에 담긴 전통사회의 해학과 즐거움 등이 담고 있는 삶의 행간은 실증적이고 과학적인 논리체계로는 이해될 수 없는 삶의 다면성을 내포함으로써 그 미묘한 의미들을 감지할 수 있는 터전이 된다. 이처럼 삶의 행간을 읽어내는 과정은 의도적인 교육과정으로 계획되거나 실천될 수 있는 것이 아니라, 이러한 내용이 담긴 전래동화를 통해 자연스럽게 습득될 수 있으며, 이러한 과정을 통해 유아의 삶과 사고의 지평 확장이 가능해진다.

셋째, 놀이공동체적 실천의 장(場)으로서의 한국 전래동화이다. 한국 전래동화는 성인 및 지역사회의 구성원들이 함께 만들어내고 함께 즐기는 공동의 놀이이자 공동의 담론이다. 전래동화를 들려주는 성인들과 유아들은 이러한 과정을 통해 함께 즐기는 상호적 즐거움을 맛볼 수 있다. 이는 한국 전래동화가 지니는 놀이공동체적 성격이 동화를 서로 나누는 과정을 통한 상호이해적 교감이라는 교육적 의미를 지니고 있음을 말해주는 것으로, 전래동화가 지니는 유아교육에의 또 다른 의미의 영역을 드러내는 부분이라고 할 수 있다.

넷째, 대화 실천의 장(場)으로서의 한국 전래동화이다. 전래동화의 본질인 구전(口傳)의 특성을 고려해볼 때, 이는 화자(성인)가 청자(유아)에게 일방적으로 들려주는 텍스트가 아닌, 상호 대화와 합의를 바탕으로 한다. 즉 전래동화와 현재 유아의 삶이 매개하는 방식이 두 사람간의 대화를 통해 공통된 합의를 창출해 가는 방식인 것이다. 이에는 전래동화와 마주선 유아 및 성인이 스스로 물음을 던짐으로써 비로소 전래동화와의 대화가 시작될 수 있다는 점을 포함한다. 이러한 대화와 질문을 통하여 성인과 유아가 상호 다른 목소리를 공유할수록 삶의 의미가 더욱 깊고 풍부해지며, 타인의 목소리를 조화롭게 다양화시킬수록 유아의 이해는 깊어지고 삶이 풍요로와지는 것이다.

다섯째, 한국 전래동화에 내재된 전통의 개방성과 전래동화의 열린 결말은 미래적 희망으로서의 대화성을 의미한다. 오랜 세월을 거쳐 현재까지 전승되어 온 전래동화를 획일적인 가치로만 이해하는 것은 전통주의나 복고주의 현상으로의 귀결을 의미한다. 우리나라 전래동화는 화자의 목소리를 초대하는 여백을 지니고 있으며, 이를 활용하여 유아 자신의 미래 삶 속에서 전래동화의 의미를 재창조하도록 촉구해야 한다. 이는 전통이 현재화하는 지평융합을 이끌어내는 역할을 하게 된다.

2. 결 론

본 연구를 통해 연구자는 그동안 가지고 있었던 전래동화에 대한 선이해를 드러내고 그것을 바탕으로 새롭게 이해의 지평을 넓혀갈 수 있었다. 한국 전래동화는 표면적으로 다양한 교훈적 주제들을 드러내고 있을 뿐만 아니라, 그 이면에 보다 풍부하고 깊이 있는 의미들을 내포하고 있다. 이것이 아마도 현대의 유아교육기관에서 여전히 많은 교사들을 통해 유아들과 함께 호흡하는 교재로서 한국 전래동화가 활용되고 있는 가장 큰 이유라고 본다.

전통이란 우리 외부에 존재하며 우리가 '사고'해야만 하는 대상이 아니라 우리가 그 안에 들어가 호흡하는 이해의 지평이다. 또한 우리가 현재 자신의 위치와 상황을 밀어둔 채 과거로 들어가 과거 속에서만 온전히 사고할 수 없듯이 어떠한 대상에 관해 우리가 갖는 의미는 과거로부터 생성되어 온 전통이 현재에 미치는 영향 속에서 위치 지워진 우리 자신에 의해 이해되는 것이다.

과거의 낡은 구조나 이해수준에만 고착되어 있어서는 지평의 확장은 물론 새로운 지평으로의 개방이 불가능하다(최명선, 1999). 뿐만 아니라 우리가 이해의 과정에서 타자의 지평이 이해하고 제시한 바를 그대로 수용하고 이를 따라가는 것은 옳은 이해의 태

도가 아니다. 이것은 결국 나의 관점을 포기하는 일이며, 나 자신
의 지평을 스스로 제외하게 되는 것을 의미한다. 나의 관점과 지
평을 제외하고 이해의 과정에 들어선다는 것은 결국 독단과 권위
주의, 그리고 주관주의로 빠지게 된다는 점을 인식해야만 한다.

종래와 같이 한국 전래동화에 담긴 교육적 가치를 실증과학
적 이론 체계에 의지하여 해석할 경우, 전래동화를 듣고 그 결
과로 얻게 되는 교훈적인 산물을 중심으로 하는 결과론적 논의
로만 일관하게 된다. 즉, 아동들이 전래동화를 통해 당시의 지배
적인 생활상 및 세계관을 학습하고 성인의 역할을 학습한다거
나, 특히 어떠한 교훈적인 가치관을 가지게 될 것이라는 결론을
전제한 채 교육에 접근하는 것은 다음의 두 가지 측면에서 문
제점을 가져올 수 있다.

첫째, 우리나라 전래동화의 의미 차원이 객관적 가치체계에
얽매여 자칫 성인 위주의 관점에서 평가될 수 있다는 것이다.
전래동화는 아동이 참여하고 아동의 목소리를 담아내며 계속해
서 변화, 발전되는 것이며, 전래동화의 향유 주체는 우선적으로
성인이 아닌 아동인 것이다. 아동이 예부터 지금까지 전래동화
를 접하며 살아온 이유는 무엇보다 전래동화를 통해 즐거움을
맛볼 수 있었다는 점임을 염두에 두어야 한다. 한국 전래동화가
지니는 개방적 성격과 주변 세계와의 연관성은 아동이 '상황에
영향을 받는, 상황을 창조하는, 그리고 상황을 결정하는 존재'로
서의 '세계 속의 인간'임을 보여준다.

아동이 전래동화를 통해 경험하는 세계는 자신들 나름의 수
준에서 보이는 세계와의 진지한 관계맺음이다. 그 속에서 아동
은 각각의 삶의 형태들이 지니는 행간의 의미와 다층적인 정서
를 학습해 나가며 자기 자신과 세계가 어떻게 관계되어 있는지,

그리고 성인들의 세계와 자신들이 세계가 어떻게 공동의 기반을 지니게 되는지, 자신이 세계에서 어떻게 자율적인 주체자로서 행위할 수 있게 되는지를 점차 깨달아나가게 된다. 이는 아동을 위한 교육이 점차 성인의 관점에서 이해되고 계획되는 현대의 시점에서 중요한 교육적 의미를 주게 될 것이다.

한국 전래동화를 비롯한 모든 주변 세계에 관한 해석과 의미 이해를 기존 성인들의 시각으로 단일화하거나 표면적인 것에만 머무르게 하는 것은 유아들의 세계에 대한 적극적 탐색과 참여를 가로막는 요인이 된다는 점을 인식해야 한다.

둘째, 전래동화의 교육적 의미의 차원을 객관화와 일반화가 가능한 분석의 틀을 가지고 접근할 경우, 전래동화 자체가 지니는 과정적 가치보다는 결과 중심적 교육으로만 활용될 수 있다는 점이다. 이렇게 되면, 유아교육 현장에서는 전래동화를 획일화되고 일정한 교육목표와 계획으로 접근하게 됨으로써 그 본래의 의미와 가치를 크게 떨어뜨릴 수 있다는 점을 고려해야한다. 전래동화는 아동에게 있어 일방적으로 받아들여야 할 교훈적 텍스트가 아니라, 함께 참여하고 스스로 의미화 하는 일종의 놀이인 것이다. 전래동화가 지니는 자연발생적인 개방성은 전래동화가 더 이상 교훈적이거나 획일화된 교육목표로써 활용되어서는 안 된다는 시사점을 전해준다.

한국 전래동화를 유아교육 현장에 적용함에 있어 생각해 보아야 할 점은, 인간 경험의 시간, 공간적 한계와 선입견으로 인해 전래동화 해석에 서로 다른 다양한 의미가 생성될 수 있다는 것이다. 즉, 텍스트(한국 전래동화), 유아교사, 그리고 유아들 간에 해석상의 갈등과 긴장이 항상 존재 가능하다는 것이다. 이러한 다양한 해석상의 의미들이 유아교육 장면에서 어떻게 다루어지는가에 따라 한국 전래동화를 통한 교육이 유아의 삶을 향상시킬 수도, 저해할 수도 있다는 점을 생각해야 할 것으로 보인다. 다시 말해, 한국 전래동화에 대한 유아교사나 유아의 지평이 확대, 융합될 수 있도록 교육적 의미가 나아가는 경우에는 그들의 세계에 대한 이해가 보다 심화될 수 있을 것이다. 그러나 특정한 해석자의 관심이나 권위, 그리고 선입견에 의해 이러한 과정이 전적으로 지배된다면 이는 오히려 교육 참여자들이 세계에 대한 의미를 이해하는 데 왜곡적 요인으로 자리잡게 될 것이다.

현대 유아교육의 목적이 유아에게 정해진 지식을 전달하는 것이 아니라, 다각적이고 풍부한 세계의 진실을 추구하고 발견하며, 이를 통해 보다 나은 삶을 영위하도록 하는 데 있는 것이라면, 그간 우리가 해 왔던 일정 틀에 갇힌 교육의 현실에서 벗어나 보다 깊고 다양한 탐색과 접근이 필요한 것이다.

현재 우리가 당면하고 있는 교육의 문제는 본질상 해석된 것이 세계로부터 분리되어 다시 세계 위에 군림하는 것의 문제, 즉 가다머가 지적한 "소외된 초연"의 문제라고 할 수 있다. 이러한 상황을 극복하기 위한 교육의 한 중요한 과제는 세계와 해석된 것 간의 원초적인 관련성을 회복하는 일로서, 이는 가다머가 제기한 해석학의 과제, 즉 "인간학이 우리의 세계에 대한 경험의 총체와 연결시켜주는 것이 무엇인가를 이해하려는 시도"와 본질적으로 동일한 방향에서의 노력을 필요로 하는 것이다. 특히 앞에서 보다 적절한 해석을 위해서 제안된 바 있는 '지평의 융합', '참여와 소원간의 변증', 그리고 '이해와 설명간의 변증' 등은 교육적 의미소통 과정에서 세계와 이에 대한 해석 간의 관계에 있어서 절대주의와 상대주의를 모두 극복하고, 다양한 해석들을 통해서 세계 자체에 대한 보다 심층적인 이해를 추구해 나가는 데 중요한 방향을 시사한다고 할 수 있다(오만석, 1997).

　새로운 이해란 언제나 해석자와 텍스트, 과거와 현재, 이해자와 피이해자, 그리고 나와 전통간의 계속적인 대화를 통하여 양쪽에서 지니는 두 개의 서로 다른 선입견, 즉 이해의 지평들이 만나 갈등하며 자체 초월적 양상으로 변모하는 것이다.

　이상의 여러 가지 측면에서 볼 때 한국 전래동화가 진정한 의미로서의 교육적 의미소통이 이루어지도록 하기 이해서는 이에 대한 보편적인 이론이나 특정한 방법적 기술, 그리고 기존의 이론 틀에 맞추어 전래동화를 이해하고 해석하여 일방적으로 현장에 적용하려고 하기보다는, 실제 유아교육 현장에서 이루어지는 전래동화와 유아교사, 그리고 유아들간의 의미소통 과정을 이해하고 이를 바탕으로 교육의 진정한 대화적 성격을 회복하고자 하는 실천적이고 순환적인 과정이 되어야 할 것이다.

　이러한 해석적 교육으로의 전환은 한 목소리를 지향하는 합의지향적 관심으로부터 차이와 다양성을 활성화시키는 개방된 교육적 관심에로의 전환이다(유혜령, 1997). 이를 위해서는 한국 전래동화에 드러나는 표면적인 내용들이 완성된 옳은 가르침을 담고 있다는 식의 폐쇄적인 관점에서 벗어나 유아교사와 유아가 공동으로 그 의미를 새로이 창조해낼 수 있도록 해야 한다. 다시 말해서, 각각 자신의 경험과 관점에서 비판하고 이를 바탕으로 새로운 의미를 생산해낼 수 있는 열린 텍스트로 제시해야 한다는 것이다. 이는 또한 역사적 실존으로서의 유아가 과거의 어느 시점에 고정된 획일화된 가치관으로서의 교육이 아닌, 그들을 둘러싼 현재의 다양한 환경과 미래로 향해 가는 발전적 존재임을 이해하고 진정한 의미의 유아를 위한 교육이 되는 밑바탕이 될 것이다.

해석이란 어떤 의미에서 재창조이다. 그러나 이러한 재창조는 애초에 수행된 본래의 창조 작업을 그대로 뒤쫓아가는 것이 아니라, 오히려 서술되어 있는 것 속에서 해석자가 의미를 발견하는 만큼 창조된 작품의 모습을 재현하는 것이다(Gadamer, 1972). 이러한 의미에서 우리는 한국 전래동화가 가지고 있는 본질적 측면이 현재의 우리에게 주는 풍부하고 다양한 의미와 가치들을 읽어내어 그 안에 담긴 가치로움을 우리의 것으로 내면화할 수 있도록 해야 할 것이다.

이렇게 볼 때 현장에서의 유아교사들의 바람직한 역할은 현재의 유아의 목소리를 전래동화 안에 담아낼 수 있는 여백을 확대하여 한국의 전래동화를 옛 유물로서 물려받는 것이 아닌, 그 안에서 함께 숨쉬며 미래로 함께 흘러갈 수 있도록 하는 것이라는 점이다. 또한 유아교육 현장의 교사들은 그간 자신이 가지고 있던 지식에 안주하지 않고, 또한 가르치는 자(자신)와 배우는 자(유아)라는 입장에서 한 발 물러나 끊임없는 의문과 자각을 통한 자기성찰을 통해 유아들의 개방적이고 합리적인 판단과 성숙을 도모해야 할 것이다. 이를 통해 현대 유아교육이 유아를 '위한' 교육이 아닌, 단지 유아를 '대상'으로 하는 성인 관점의 교육이 되어가고 있다는 비판에 대한 하나의 대안이 될 수 있을 것이라고 본다.

지금의 시대는 디지털 시대라고 할 만큼 모든 것이 급속히 변하고 있고, 더구나 그 속도는 우리가 따라잡기 힘들만큼의 빠르기이다. 그러나 이러한 때에도 변하지 않고 우리 밑바탕에 살아 숨쉬는 것은 바로 오랜 세월을 거쳐 내려온 전통 사상과 문화이다. 이제 세계화 시대를 살아가는 현대의 우리나라 유아들에게 과연 어떠한 교육이 진정으로 요구되는 것인지 깊이 생각해 보아야 할 시점이다.

마지막으로, 본 연구를 통해 한국의 전래동화가 이제 더 이상 교훈적이거나 교조적인 의미로서가 아닌, 그 안에 담긴 보다 깊고 풍부한 의미들을 호흡해내는 데 보탬이 되기를 기대해본다.

참고문헌

강경오(1998). 부모와 교사가 선호하는 한국 전래동화에 관한 조사 연구. 우석대학교 대학원 석사학위 논문.

강문희·이혜상(1997). 아동문학교육. 서울: 학지사.

김경식(2001). 교육사·철학신론. 서울: 교육과학사.

김경중(1997). 동화 및 언어지도. 서울: 양서원.

김미환(1997). 전래동화의 인간학적 진술과 교육학적 의미고찰. 교육철학, 17(1): 129-146

김봉석(1995). 교육과정의 텍스트성에 대한 해석학적 이해. 인천교육대학교 논문집, 29(1).

김선배(1998). 한국 전래동화에 반영된 가치와 교육방법에 대한 연구. 아주대학교 교육대학원 석사학위논문.

김성우(1991). 상허사상에 대한 하나의 해석학적 시도. 상허사상, 2(1).

김영길(1990). W. 딜타이에 있어서의 삶의 해석학과 역사성. 원광대학교대학원 논문집, 6(1): 109-124.

김영우·피정만(1997). 최신 한국교육사연구. 서울: 교육과학사.

김영주(1998). 전래동화와 창작동화에 나타난 아버지 역할 비교. 서울대학교 대학원 박사학위논문.

김영천·조재식(2001). 교육과정 분야에서의 질적연구. 교육인류학 연구, 4(3): 25-80.

김영철(1998). 문화개념의 교육학적 해석. 교육인류학연구, 1(1): 1-19.

156

_____(1999). 질적 연구에 있어서의 글쓰기. 교육인류학연구, 2(2): 71-96.

김영필(1995). 생활세계의 담론. 서울: 태일출판사.

김윤옥 외(1996). 교육연구를 위한 질적 연구방법과 설계. 서울: 문음사.

김인애(1995). 한독 전래동화 비교연구. 중앙대학교 대학원 박사학위 논문.

김한식(2001). 서술학과 해석학. 외국학연구, 2001(1).

김현희(2001). 한국 전통생활과학의 유아과학교육적 적용. 동덕여자대학교 대학원 석사학위논문.

김현희·박상희(1999). 유아문학교육. 서울: 학지사.

김호성(1998). 저자의 부재와 불교해석학. 동국대학교 불교학보, 35(1): 187-206.

김희경(1996). 명작동화의 매력. 서울: 교문사.

데이빗 호이 저, 이경순 역(1999). 해석학과 문학비평. 서울: 문학과 지성사.

리차드 E. 팔머 저, 이한우역(1998). 해석학이란 무엇인가. 서울: 문예출판사.

문미옥·류칠선(2000). 소학에 나타난 아동교육론. 아동학회지, 21(1).

문미옥 외(2001). 영유아 예절 및 전통보육 프로그램. 서울: 보건복지부.

_____(2001). 유아를 위한 한국전통음식문화교육. 서울: 학지사.

박계홍(1983). 한국민속학개론. 서울: 형설출판사.

박종규(1996). 가다머의 철학적 해석학 - 이해의 개념을 중심으로. 동양대학교 논문집, 2(1): 265-275.

박철우(1986). P. Ricoeur의 해석학을 통해서 본 J. Severino Croatto의 성서해석학. 천신논단, 3(1): 112-134.

박현국(1995). 한국공간설화연구. 서울: 국학자료원.

박혜성(1997). 한국 전래동화에 나타난 도덕성 분석. 이화여자대학교 대학원 석사학위 논문.

백승균 외(1996). 해석학과 현대철학. 서울: 철학과 현실사.

변호걸(1993). 실증주의 교육학 이론에 대한 해석학의 비판과 함의. 건국대학교 대학원 학술논문집, 36(1): 33-48.

서울대학교 교육연구소(2000). 한국교육사. 서울: 교육과학사.

소광희(1998). 논리언어와 존재언어, 하이데거의 언어사상. 한국하이데거학회편. 서울: 철학과 현실사.

손동인(1973). 한국 전래동화의 작중사건고-특히 피안세계, 피안자의 분석을 중심으로. 인천교육대학교 논문집, 8(1).

_____(1974). 한국 전래동화의 작중사건고-특히 작중사건의 위트를 중심으로. 인천교육대학교 논문집. 9(1).

손영수(2001). 유아생활세계에서의 놀이와 사고에 대한 해석학적 이해. 교육인류학 연구, 4(1): 103-132.

신성자(1998). 유치원의 전통예절교육 프로그램 개발에 관한 연구. 동아대학교 대학원 석사학위논문.

신숙희(1998). 유아교육과정 영역별 유아의 전통놀이 연구. 동아대학교 대학원 석사학위논문.

신영순(1996). 한국 전래동화집 발행의 현황과 문제점에 관한 연구. 한국 교원대학교 대학원 석사학위 논문.

신옥순(1991). 교육연구의 새 접근. 서울: 교육과학사.

신응철(2001). 해석학과 문예비평. 서울: 예림기획.

어린이도서연구회(1994). 토끼와 거북이, 거북이와 토끼. 서울: 우리교육.

오만석(1997). 현대 해석학의 관점에서 본 교육적 의미소통 과정, 교육현상의 재개 념화. -현상학, 해석학, 탈현대주의적 이해(pp. 145-200). 서울: 교육과학사.

오용득(1994). 가다머의 해석학에 있어서 '이해'의 문제. 영남철학회 철학논총, 10(1): 219-248.

_____(1995). 가다머의 언어관. 철학논총, 11(1): 225-262.

온영란(1996). 유아교육 프로그램의 전통놀이에 관한 조사연구. 원광대학교 대학원 석사학위논문.

유안진(1986). 한국의 전통 육아방식. 서울: 서울대학교 출판부.

유혜령(1997). 현대해석학의 관점에서 본 아동 이해의 문제. 아동교육, 6(1): 96-110.

_____(1997). TV 뉴스의 교육적 의미에 관한 해석학적 이해, 교육현상의 재개 념화. -현상학, 해석학, 탈현대주의적 이해(pp. 357-394). 서울: 교육과학사.

_____(1997). 질적 아동 연구를 위한 해석학의 방법론적 시사. 아동학회지, 18(2): 57-71.

_____(1999). 텔레비전 유아교육 프로그램에 나타난 아동 문화의 상호텍스트성: 기호학적 분석. 교육인류학 연구, 2(1): 37-62.

_____(1999). 소수 민족 유아의 유치원 생활 경험: 현상학적 이해. 교육인류학연구, 2(2): 139-170.

_____(2001). 전통 아동놀이 연구의 대안적 접근: 의미론적 해석. 교육인류학연구, 4(3): 153-177.

이경숙(1990). 한국 전래동화의 가치와 교육방법에 관한 연구. 중앙대학교 교육대학원 석사학위논문.

이부영(1982). 분석심리학과 민담. 서울: 일조각.

이성훈(1986). 철학적 해석학과 진리의 문제. 부산산업대학교 논문집, 7(1): 301-315.

_____(1994). 해석학 - 진리 - 예술. 철학논총, 10(1): 155-218.

이 현(1995). 전래동화에 나타난 부모의 양육태도 및 등장인물의 성역할 표현 분석. 한양대학교 대학원 석사학위논문.

이홍우(1990). 가치관의 혼란: 한 교육학적 해석. 정신문화연구, 13(2): 87-102. 성남: 한국 정신문화연구원.

임양선(2001). DBAE에 기초한 유아전통미술교육 프로그램 개발연구. 서울여자대학교 대학원 석사학위논문.

장 경(1995). P. Ricoeur의 텍스트이론. 용봉논총, 24(1): 251-272.

장덕순 외(1971). 구비문학개설. 서울: 일조각.

장지영(1995). 전래동화에 대한 유아의 인식. 이화여자대학교 대학원 석사학위 논문.

정대련(1990). 한국 전래동화의 윤리학적 탐구. 이화여자대학교 대학원 박사학위논문.

_____(1998). 전래동화에 나타난 인간상의 교육적 의미. 교육철학, 20(1).

정만영(1988). 한국 전래동화에 관한 연구. 공주대학교 교육대학원 석사학위논문.

조기곤(2001). 유아교육기관의 전통놀이활동에 대한 조사연구. 원광대학교 대학원 석사학위 논문.

조상식(2002). 현상학과 교육학. 서울: 원미사.

조영님(2001). 질적 연구와 양적 연구. 대구교육대학교 초등교육
　　연구논총, 17(2) : 307-329.

조용기(2001). 질적 연구의 성격. 교육인류학연구, 4(1).

조용환(1999). 질적 연구-방법과 사례-. 서울: 교육과학사.

　　　　(1999). 질적 기술, 분석, 해석. 교육인류학연구, 2(2) :
　　27-63.

조희숙(1998). 한국 전래동화의 사회심리학적 해석. 유아교육논
　　총, 8: 1-15.

조희웅(1996). 한국설화의 유형. 서울: 일조각.

주강현(1996). 우리 문화의 수수께끼 1. 서울: 한겨레신문사.

주명희(1983). 민담의 동화적 변용. 서울: 한성대학 국어국문학과.

주희 · 유청지 엮음, 윤호창 역(1999). 소학. 서울: 홍익출판사.

진권장(1997). 교육과정 개발과정과 간주관성의 해석학적 이해,
　　교육현상의 재개 념화. -현상학, 해석학, 탈현대주의적 이
　　해(pp. 201-238). 서울: 교육과학사.

　　　　(1999). 교육경험의 의미에 관한 해석학적 이해. 교육인류
　　학연구, 2(1) : 123-169.

채미영(1993). 아시아 전래동화와 유럽 전래동화에 나타난 가치
　　관 분석. 한국교원 대학교 대학원 석사학위 논문.

최경희(1993). 동화의 교육적 응용에 관한 연구. 한국 교원대학
　　교 대학원 박사학위 논문.

최명선(1999). Gadamer의 해석학에서 '실천지'로서의 '대화: 지
　　식의 존재론적 성격과 그 교육적 의미. 교육학연구, 37(3) :
　　79-101.

최신일(1998). 해석학과 구성주의. 대구대학교 초등교육 연구 논
　　총 제 12집.

_____(2001). 질적 연구의 철학적 배경. 대구교육대학교 초등교
육연구논총, 17(2).

최운식·김기창(1998). 전래동화 교육의 이론과 실제. 서울: 집
문당.

퓌겔러, O. 엮음, 박순영 옮김(1993). 해석학의 철학. 서울: 서광사.

한경혜(1997). 아버지상의 변화. 서울: 사회문화연구소.

한관일(1997). 조선전기의 교육사상. 서울: 문음사.

한국해석학회(1996). 해석학 이해. 서울: 지평문화사.

한국해석학회 편(1999). 해석학의 역사와 전망. 서울: 철학과
현실사.

한종진(2001). 주희의 초사학에 대한 해석학적 연구. 서울대학교
대학원 석사학위 논문.

허 숙(1994). 교육과정의 재개념화를 위한 이론적 탐색 - 실존
적 접근과 구조적 접근. 인천교육대학교 논문집, 28(1):
317-340.

_____(1997). 해석학의 관점과 교육평가의 논리, 교육현상의 재
개념화. -현상학, 해석학, 탈현대주의적 이해(pp. 103-143).
서울: 교육과학사.

허 숙·유혜령 편(1997). 교육현상의 재개념화. -현상학, 해석
학, 탈현대주의적 이해. 서울: 교육과학사.

홍계숙·유혜령(2001). 아동기의 비밀에 대한 현상학적 이해:
문학작품을 중심으로. 교육인류학 연구, 4(1): 169-198.

홍순철(1996). 전래동화에 나타난 봉건적 가치관 연구. 연세대학
교 교육대학원 석사학위 논문.

Dilthey, W. (1962). H. P. Rickman ed. Pattern and meaning
in history. London: Heineman.

Gadamer, H. G.(1972). Wahrheit und Methode. J. C. B. Mohr, Vorwort zur 2. Auflage, S,.

_____(1975). *Truth and method.* New York: Crossroad.

_____(1996). *Truth and method.* (J. Weinshmeier & D. G. Marshall.) trans. New York: Continuum.

Mason, J. 저, 김두섭 역(1999). 질적 연구방법론. 서울: 나남출판.

Kristeva, J. (1980). *Desire In Language: A Semiotic Approach to Literature and Art*(Ed. by L. S. Roudiez). New York: Collumbia University Press.

Kvale, S. (1983). The qualitative research interview: a phenomenological and a Hermeneutical mode of understanding. *The Journal of Phenomenological Psychology, 14(2),* 171-196.

Arbuthonot, M. H. & Sutherland(1972). *Children and Books.*(4th ed). (Glanview, Ⅲ. Scott, Forsman.

M. P. Sadker, D. M. Sadker(1977). Now Upon a Time - A Contemporary View of Children's Literature(New York: Haper & Row, Publishers).

Ricoeur, P. (1977). The model of the text: meaningful action considered as a text. In F. R. Dallmary & T. A. McCarthy(eds.). *Understanding and social inquiry,* pp. 316-334. Notre Dame: University of Notre Dame Press.

_____(1981). In J. B. Thompson(ed.). Hermeneutics and the human science. London: Cambridge University Press.

Zeraffa, M. 저, 이동렬 역(1986). 소설과 사회. 서울: 문학과 지
　　성사.

　　http://soback.kornet.net/～kayajang

〈부 록〉

Ⅰ. 분석 대상 작품 선정표

번호	제 목	출처(전래동화집 발간목록 번호)	수록 빈도	빈도 순위
1	개미 허리가 가는 이유	11, 21, 36, 81, 101, 116, 120, 121	8	70
2	개와 고양이	13, 34, 65, 88, 90, 97, 102, 108, 112, 134, 147, 181	12	32
3	거짓말쟁이 사위 보기	3, 11, 22, 24, 28, 34, 80, 89, 101, 121, 139, 153	12	32
4	거울 이야기	5, 16, 81, 87, 109, 166	7	83
5	견우 직녀	46, 53, 54, 60, 102, 109, 110, 134, 143	9	57
6	고려장 이야기	25, 29, 30, 72, 85, 87, 102, 104, 107, 127, 137, 174	12	32
7	구렁덩덩 신선비	13, 25, 44, 75, 90, 97, 146, 156	6	93
8	금강산 호랑이	9, 13, 15, 33, 54, 69, 75, 81, 102, 121, 128, 148, 154, 166	14	20
9	금돼지와 사슴가죽	6, 37, 63, 121, 133, 160	6	93
10	끝없는 이야기	4, 11, 29, 39, 45, 79, 88, 180	8	70
11	나무그늘을 판 부자	13, 27, 55, 88, 89, 98, 111, 174	8	70
12	나무꾼과 선녀	1, 13, 25, 53, 67, 73, 109, 119, 176	9	57
13	나무도령	7, 9, 20, 21, 22, 24, 47, 62, 75, 76, 77, 78, 118, 119, 127, 129, 130, 153, 159, 184	20	4
14	나이 자랑	40, 75, 82, 88, 99, 101, 103, 116, 133, 165, 168, 181	2	32
15	네 장사	10, 28, 33, 35, 39, 53, 55, 98, 122, 126, 159, 165	2	32
16	다시 찾은 옥새	13, 34, 40, 78, 99, 121, 122, 155, 165, 166, 180	11	41
17	닭쫓던 개	44, 99, 102, 117, 120, 131	6	93
18	당나귀 알	16, 28, 35, 39, 87, 103, 109, 126	8	70
19	도깨비 감투	11, 17, 21, 22, 23, 28, 57, 70, 72, 81, 88, 94, 99, 121, 127, 147, 160, 172	18	8
20	도깨비 방망이	5, 17, 28, 32, 45, 70, 85, 88, 102, 109, 112, 119, 121, 147, 172, 178, 183	18	8
21	도둑을 뉘우치게 한 선비	13, 23, 86, 96, 111, 112, 129, 130, 150, 155, 156	11	41
22	돌부처에게 비단을 판 바보	13, 16, 29, 55, 67, 86, 98, 102, 164	9	57
23	두 아이의 머슴살이	13, 25, 27, 67, 86, 99, 112, 146	8	70
24	두꺼비 신랑	10, 31, 40, 56, 95, 119, 183	7	83
25	두꺼비와 꾀 많은 게	29, 35, 73, 89, 99, 128, 151, 168	8	70
26	두더지의 사위	23, 36, 56, 73, 75, 88, 92, 95, 99, 119, 121, 131, 166, 173, 180	15	19
27	뒹굴어서 벼슬한 농부	56, 78, 129, 152, 160, 165, 166	7	83
28	들쥐의 둔갑	23, 29, 38, 81, 87, 121, 126, 129, 130, 152, 156, 165, 166	13	27
29	땅 속 나라 도둑 귀신	13, 25, 67, 79, 81, 99, 102, 112, 118, 122, 130, 147, 179	14	20
30	떡보만세	29, 75, 90, 97, 129, 154	6	93
31	떡은 누구의 것	28, 81, 88, 121, 152, 164	6	93
32	말하는 남생이	3, 5, 31, 36, 45, 48, 55, 78, 81, 98, 99, 102, 108, 119, 126, 130, 152, 183	18	8
33	망두석 재판	27, 56, 95, 99, 104, 105, 112, 121, 130, 140, 152, 154	12	32
34	머리 아홉 달린 괴물	31, 33, 53, 55, 75, 98, 165	7	83
35	며느리 뽑기 시험	23, 36, 72, 73, 111	6	93
36	멸치의 꿈	5, 45, 55, 73, 79, 98, 101, 120, 151, 158, 166, 168, 173	13	27

번호	제 목	출처(전래동화집 발간목록 번호)	수록 빈도	빈노 순위
37	반쪽이	23, 28, 35, 45, 53, 62, 76 ,77, 105, 121, 127, 129, 130, 142, 151, 178	16	14
38	백일홍	21, 36, 88, 112, 151, 153, 174	7	83
39	벼룩·이·빈대	61, 99, 103, 109, 118, 121, 156, 159, 166, 168	10	47
40	부자가 된 소금 장수	11, 28, 32, 101, 109, 111, 148, 155, 166	9	57
41	불씨	11, 13, 23, 36, 39, 67, 75, 93, 100, 118, 126, 138, 165, 178	14	20
42	선녀바위	28, 36, 55, 98, 100, 113, 164	7	83
43	세 가지 유물	13, 28, 35, 56, 79, 95, 109, 120, 127, 130, 147, 156, 165, 166	14	20
44	세가지 시험문제	21, 96, 120, 129, 156, 166	6	93
45	세상에서 제일 무서운 것	13, 29, 34, 45, 54, 75, 89, 101, 109, 127, 152, 164, 177	13	27
46	소가 된 게으름뱅이	5, 13, 27, 36, 48, 54, 67, 88, 109, 112, 119, 130, 131	13	27
47	소금을 만드는 맷돌	5, 24, 28, 33, 50, 54, 70, 73, 87, 92, 99, 121, 126, 130, 158, 174	16	14
48	소금장수와 여우	3, 21, 24, 40, 53, 55, 58, 75, 89, 101	10	47
49	슬기로운 아이(겨울 독사)	29, 32, 75, 78, 88, 89, 92, 101, 104, 112, 120, 174	12	32
50	아들 삶은 효자	2, 6, 35, 63, 88, 100, 121, 155, 156, 162	10	47
51	어린 원님	13, 25, 26, 56, 67, 95, 120, 121	8	70
52	여우 누이와 세 오빠	6, 13, 28, 31, 53, 56, 58, 79, 82, 88, 89, 95, 109, 114, 129, 130, 142, 153, 156, 165, 174	21	3
53	여우 수건	28, 33, 60, 78, 87, 96, 126, 127, 130, 134	10	47
54	연오랑과 세오녀	56, 95, 102, 108, 113, 143, 161, 167, 185	9	57
55	연이와 버들잎 소년	21, 24, 29, 33, 53, 55, 73, 98, 103, 119, 138, 177	12	32
56	요술 방망이	33, 67, 75, 96, 101, 119, 121, 126, 133, 166, 174	10	47
57	요술부채	22, 23, 28, 61, 88, 99, 103, 109, 119, 121, 126, 127, 130, 156, 160, 164, 166	17	12
58	요술 항아리	7, 13, 24, 45, 75, 88, 99, 111, 116, 121, 142, 152, 166, 174	14	20
59	우렁이 각시	11, 13, 21, 31, 32, 42, 48, 53, 73, 111, 119, 122, 130, 138, 156, 160, 165, 166, 174, 176	20	5
60	울산바위	7, 64, 100, 101, 108, 114, 126, 129, 151, 156, 157	11	41
61	원숭이 엉덩이	50, 75, 82, 99, 104, 117, 158, 166, 176	9	57
62	원숭이 재판	13, 26, 34, 88, 96, 101, 109, 119, 131, 151, 166, 168	12	32
63	은혜 갚은 까치	13, 21, 25, 34, 53, 54, 64, 67, 83, 102, 112, 113, 121, 147, 165, 183	16	14
64	은혜 갚은 두꺼비	2, 7, 13, 22, 31, 33, 53, 61, 82, 109, 111, 119, 127, 130, 160, 165, 180	17	12
65	은혜갚은 호랑이	24, 29, 38, 69, 83, 99, 103, 148, 159	9	57
66	이야기로 잡은 도둑	28, 39, 58, 78, 88, 89, 126, 164	9	57
67	임금님 귀는 당나귀 귀	26, 53, 56, 87, 95, 112, 113, 165, 176	9	57
68	임금님 빰친 사람	23, 29, 73, 76, 77, 95, 100, 105, 137, 164, 165, 166	8	70
69	잉어공주	21, 36, 73, 86, 96, 130	6	93
70	자린고비	11, 27, 32, 79, 89, 98, 109, 121, 158	9	57
71	장님과 귀신	4, 7, 22, 23, 29, 72, 79, 86, 96, 113, 130, 147, 148, 160	14	20
72	젊어지는 샘물	13, 25, 26, 34, 56, 86, 92, 180	8	70
73	중은 노래하고 상제는 춤 추고	24, 29, 75, 87, 93, 102, 121, 137	8	70

번호	제 목	출처(전래동화집 발간목록 번호)	수록빈도	빈도순위
74	쥐에게 언어맞은 날짐승	12, 37, 78, 99, 101, 120, 131, 151, 164, 166	10	47
75	진지담배	16, 25, 32, 76, 77, 87	6	93
76	진짜 친구	38, 72, 88, 99, 103, 111, 130, 178	8	70
77	차돌 깨무는 호랑이	15, 21, 29, 32, 36, 99, 100, 101, 111, 128, 135, 168	10	47
78	참새와 파리	22, 55, 98, 102, 119, 120, 152, 159	8	70
79	청개구리	48, 50, 53, 56, 87, 95, 116, 119, 131	11	41
80	초상집 찾은 바보 아들	10, 13, 28, 34, 79, 86, 90, 97, 139, 153, 164	11	41
81	초 이야기	28, 101, 109, 111, 120, 126, 129, 156, 165	9	57
82	춤추는 호랑이	5, 69, 76, 77, 87, 119, 120	7	83
83	코 없는 할아버지와 입 큰 할머니	39, 120, 126, 129, 151, 156, 166	7	83
84	토끼 꼬리	10, 15, 21, 22, 27, 33, 69, 76, 77, 99, 103, 116, 120, 128, 129, 148	16	14
85	토끼의 꾀	10, 13, 20, 26, 28, 29, 36, 45, 54, 57, 69, 82, 99, 109, 121, 127, 131, 148, 156, 166	20	4
86	할머니 호랑이 잡기	12, 22, 40, 69, 79, 99, 128, 130, 148, 152, 159, 160, 165, 166	14	20
87	할미꽃	14, 36, 42, 49, 72, 103, 117, 121, 134, 151	9	57
88	해와 달이 된 오누이	13, 15, 25, 26, 32, 45, 53, 69, 88, 96, 109, 111, 148, 165, 174, 176	16	14
89	형제 구슬	10, 13, 22, 25, 75, 86, 97, 127, 134, 152	10	47
90	호랑이 뱃속 구경	12, 15, 29, 64, 69, 76, 77, 147, 156, 164	9	57
91	호랑이 처녀의 사랑	36, 66, 108, 109, 115, 179	6	93
92	호랑이가 된 효자	7, 15, 20, 69, 75, 76, 77	7	83
93	호랑이와 곶감	13, 15, 25, 28, 32, 37, 56, 75, 87, 95, 102, 111, 118, 119, 121, 128, 129, 148, 151, 156, 164, 181	22	2
94	호랑이와 나그네	5, 15, 25, 26, 27, 35, 53, 67, 88, 90, 97, 99, 102, 105, 109, 121, 126, 131, 140, 165, 166, 180	23	1
95	호랑이와 두꺼비	10, 15, 22, 27, 44, 57, 69, 75, 117	8	70
96	호랑이와 여우	15, 69, 76, 77, 121, 158, 164, 165, 166	10	47
97	혹부리 영감	5, 13, 17, 21, 25, 33, 45, 53, 56, 57, 67, 70, 79, 95, 109, 119, 126, 151, 178	19	7
98	황금덩이와 구렁이	11, 34, 54, 85, 87, 100, 103, 119, 129, 142, 156, 166, 183	13	27
99	효성스러운 호랑이	5, 20, 21, 40, 53, 57, 69, 73, 80, 86, 89, 119, 121, 146, 151, 153, 165, 174	18	8
100	효자리 마을	21, 47, 62, 69, 93, 113, 115, 128, 143, 162	10	47
101	훈장님의 곶감	23, 29, 75, 78, 87, 97, 104, 109, 111, 140, 174	11	41
102	흉내 도깨비	17, 28, 79, 101, 164, 165, 174	7	83

Ⅱ. 전래동화집 발간 목록[38]

번호	책 이름	편저자	출판사	발행연도	편수	총면수
1	백두산민담 1	가린미하일롭스끼	창작과 비평사	1987	27	216
2	〃 2	〃	〃	〃	25	174
3	소금장수의 재주	김창완	〃	〃	23	190
4	팔도강산전설민담	박화목 외	남 광	〃	33	216
5	옛날 이야기	이 영	예림당	〃	12	108
6	이야기 팔도강산	이주홍	새소년	〃	27	226
7	전설의 고향	이준연	효성사	〃	17	207
8	용팔이와 괴물왕국	〃	〃	〃	〃	〃
9	마음 고친 구두쇠	김문수	민문고	1988	4	135
10	평안도 이야기	손춘익	현암사	〃	53	173
11	여우색시	〃	〃	〃	54	205
12	이야기주머니	이영호	예림당	〃	11	108
13	한국 전래동화	한상남	민서출판사	〃	37	260
14	진달래가 된 소년	연변민간문학연구회	창작과 비평사	1989	18	211
15	호랑이 뱃속 구경	이 영	동화문화사	〃	19	172
16	바보들의 꿈	이준연	서강출판사	〃	10	182
17	도깨비 나라	편집부	〃	〃	10	194
18	옛날 옛적에	김종상	지경사	1990	〃	205
19	재미있는 신화이야기	김한룡	윤 진	〃	17	210
20	효자와 호랑이	한국어문교육연구소	조치원청년회의소	〃	26	255
21	민족전래동화 1	박종현 외	아동문예사	〃	32	211
22	〃 2	이영준	〃	〃	28	211
23	〃 3	허순봉	〃	〃	31	195
24	〃 4	정목일	〃	〃	33	195
25	한국 전래동화	손동인	대원사	〃	19	239
26	교과서 전래동화	윤수천	견지사	〃	10	109
27	옛날옛날에 호랑이 한마리가	전미혜	대교출판	〃	16	175
28	한국 전래동화 상	지선옥	바른사	〃	35	239
29	한국 전래동화 하	〃	〃	〃	42	239
30	알동네 웃동네	홍우천 외	영주문학사	〃	24	281
31	괴물들의 소동	신현득	서강출판사	〃	15	175
32	남북 어린이가 함께 보는 전래동화 1	손동인 외	사계절	1991	19	218
33	〃 2	〃	〃	〃	〃	212
34	〃 3	〃	〃	〃	24	〃
35	〃 4	〃	〃	〃	23	214
36	〃 5	〃	〃	〃	21	227
37	〃 6	권정생 · 이현주	〃	〃	34	213
38	〃 7	김영종	〃	〃	30	216
39	〃 8	권정생 · 이현주	〃	〃	36	220
40	〃 9	〃	〃	〃	31	213

번호	책 이름	편저자	출판사	발행연도	편수	총면수
41	남북 어린이가 함께 보는 전래동화10	권정생·이현주	사계절	1991	26	213
42	민족전래동화 5	서재균	아동문예사	〃	37	202
43	〃 6	장영주	〃	〃	35	196
44	〃 7	김경중	〃	〃	37	211
45	가자미눈이한쪽으로쏠린 까닭	류수현	아동교육문화연구회	〃	15	200
46	천지 속의 용궁	리천록 외	창작과 비평사	〃	28	293
47	꼬불꼬불 전설여행 1	열린원	대교출판	〃	21	206
48	조금만 더 가지 바위	이주홍	윤 성	〃	17	239
49	도깨비가만든가시나무울타리	이준연	현암사	〃	21	223
50	원숭이엉덩이는왜빨갈까요?	정향숙	한국어연	〃	22	125
51	이어도 하르방	홍우천 외	영주문학사	〃	26	222
52	두만강 해란강 전설	황상박	지경사	〃	26	222
53	아름다운 명랑동화	유한준	대림출판사	〃	20	254
54	똘아이 도깨비의 소동	강수원	정원	〃	18	175
55	머리 아홉 달린 괴물 도둑	〃	〃	1992	19	191
56	여우 누이와 세 오빠	〃	〃	〃	20	188
57	갈매봉 도깨비 백두산 호랑이	김용범	신구미디어	〃	11	174
58	강아지 서방 깨서방	김원석	예림당	〃	13	92
59	염라대왕을 잡아온 사나이	김종상	지경사	〃	7	223
60	백년 묵은 호랑이 피밖에 없소	리용득	격원각	〃	30	206
61	굴비 삼킨 절구통	박 송	청솔	〃	22	250
62	반쪽이 또 장가 가네	송명호	〃	〃	23	245
63	외눈박이 소금장수	최범서	〃	〃	26	246
64	졸다 잡은 호랑이	최성수	〃	〃	24	225
65	욕심쟁이 옹고집	심경석	민문고	〃	3	95
66	꼬불꼬불 전설여행 2	열린원	대교출판	〃	21	206
67	옛날옛적에 간날 간적에	유영일	한국어연	〃	23	222
68	제주도 전래동화	박재형	대교출판	〃	24	200
69	호랑이 전래동화	이동률	〃	〃	21	202
70	도깨비 전래동화	이상배	〃	〃	17	200
71	백두산 전래동화	이 영	〃	〃	7	208
72	만덕고개와 빼빼영감	박 송	삼성미디어	〃	28	223
73	엄마가 들려주는 옛날이야기	전미혜	재능교육	〃	18	193
74	백두산 소풍 가자	편집부	범조사	〃	〃	214
75	한국 전래동화	한상수	세진출판사	〃	41	205
76	옛날옛날에	편집부	금유출판사	〃	33	〃
77	옛날에 금잔디 동산에	〃	〃	〃	40	208
78	한국에서가장슬기로운옛날이야기	이영준	작은평화	〃	27	212
79	한국에서가장재미있는옛날이야기	〃	〃	〃	30	207
80	바보 마을 사람들	〃	상서각	〃	21	204
81	요술쟁이 삼형제	이준연	효성사	1992	17	210
82	한밤중의 별난 소동	〃	〃	〃	17	210

38) 최운식·김기창(1998). 전래동화 교육의 이론과 실제. 서울: 집문당.
PP. 408-413

번호	책 이름	편저자	출판사	빌행연도	편수	총면수
83	호랑이 꼬리에 지은 절	〃	대원사	〃	25	184
84	민족 전래동화 8	장영주	아동문예사		33	192
85	〃 9	〃	〃		33	195
86	한국 전래동화 1	편집부	새길문화사	〃	41	207
87	〃 2	〃	〃	〃	39	207
88	〃 3	〃	〃	〃	36	203
89	꾀보와 웃음보	배선숙	가나출판사	〃	49	206
90	떡보 만세	강수원	정 원	〃	15	138
91	탐라가 탐나요	이양수 외	영주문학사	〃	24	203
92	누워서 새잡기	이지원	윤 진	〃	10	108
93	지성이면 감천이다	장경호	〃	〃	7	108
94	도깨비 씨나락 까먹는 소리	임인수	한림출판사	〃	32	225
95	금비 까비의 옛날옛적에	강수원	정 원	1993	20	191
96	금비 까비의 여우수건	〃	〃	〃	20	189
97	구렁동동 신선비	〃	〃	〃	21	191
98	소금보다 더 짠 자린고비	〃	〃	〃	20	191
99	한국에서가장재미있는옛날이야기	김석배	동 림	〃	55	215
100	한국에서가장뿌리깊은전설이야기	〃	〃	〃	49	215
101	두메산골 옛날이야기	김종규	남 광	〃	36	210
102	재미있는 고전여행	송명호	〃	〃	21	210
103	민족 전래동화 10	박종현	아동문예사	〃	21	193
104	꾀돌이 만만세	이준연	서강출판사	〃	10	151
105	한국 전래동화	엄기원	지경사	〃	6	106
106	옛날 옛날에	편집부	은하수	〃	〃	111
107	날개 달린 아기장수	최범서	청 솔	〃	29	245
108	도깨비의 무덤	최성수	〃	〃	20	225
109	옛날 옛적에	유병아	영광도서	〃	34	206
110	옛날 옛적에 백두산에서는	최용관·이천록	지경사	〃	27	218
111	재미있는 전래동화 1	편집실	대업문화	〃	26	232
112	〃 2	〃	〃	〃	23	231
113	박달나무를 타고온 위대한 왕	홍진복	지경사	〃	40	219
114	전설 따라 삼천리 1	윤명숙	한국어연	〃	15	202
115	〃 2	〃	〃	〃	17	218
116	우리나라 옛날 이야기 1	안회웅	예림당	〃	8	111
117	〃 2	〃	〃	〃	10	107
118	〃 3	〃	〃	〃	10	109
119	한국의 전래동화	전우각 외	서원출판사	〃	22	188
120	지혜의 책	김경선	나래출판사	〃	31	206
121	한국 구전동화	한상수	앞선책	1993	84	287
122	땅속나라 도둑귀신	손광세	문공사	〃	5	92
123	사랑방 이야기	편집부	대길출판사	〃		
124	내가들은그중재미있는옛날얘기	김영종	글 벗	1994	66	358
125	우리나라 옛날 이야기	편집부	예림당	〃	14	124
126	옛날이야기로엮은구연동화집	엄기원	웅지교육	〃	30	191
127	엄마가들려주는옛날이야기2	전미혜	재능교육	〃	18	197
128	개구쟁이들의 호랑이 사냥	김영만	바른사	〃	26	238

번호	책 이름	편저자	출판사	발행연도	편수	총면수
129	깔깔깔 옛날 이야기	유주희	피노키오	〃	38	209
130	옛날 옛적에	김미옥	초록별	〃	30	189
131	개미허리	이영호	동화나라	1994	19	124
132	석씨의 조상	장수철	〃	〃	8	121
133	원님과 금돼지	김원석	〃	〃	10	126
134	이상한 여우수건	손동인	〃	〃	10	123
135	바보와 댕댕이 할멈	이준연	〃	〃	10	125
136	크고도 작은 새	〃	〃	〃	8	126
137	말하는 느티나무	김종상	〃	〃	10	123
138	금개구리 신랑	이준연	〃	〃	8	123
139	방귀를 파는 사람	한윤이	〃	〃	10	123
140	벼루와 곶감	이영호	〃	〃	10	121
141	달을 산 주인	이 향	〃	〃	5	126
142	하늘을 나르는 아이	임석재	〃	〃	8	123
143	선녀봉이 된 효녀	이상보	〃	〃	11	123
144	금강산 여우와 이율곡	임석재	〃	〃	8	123
145	귀신 쫓는 아이	한윤이	〃	〃	7	121
146	여우와 바보	이준연	〃	〃	9	124
147	도깨비와 해님	이영희	〃	〃	12	123
148	소금장수와 호랑이	김요섭	〃	〃	15	123
149	꽃 속에서 나온 신부	최광렬	〃	〃	8	123
150	모란꽃의 비밀	김인만	〃	〃	5	123
151	한국 전래동화	이이삭	글동산	〃	29	239
152	한국의 민화	이정후	홍신문화사	〃	32	189
153	선녀와 느티나무	김만순	윤성	〃	16	220
154	지리산 호랑이	이준연	〃	〃	16	214
155	한국 전래동화	김혜란	태서출판사	〃	17	223
156	〃	편집부	금유출판사	〃	33	221
157	이야기 열두마당	박동순	창작교육사	〃	12	189
158	꿀떡 해 버린 꿀떡	손춘익	창작과비평사	〃	52	214
159	호랑이도 살고 빗쟁이도 살고	〃	〃	〃	50	211
160	도깨비 감투	예종화	한국도서지도회	〃	17	174

• 저자 •

한선아　　▌약력
韓善雅　　서울여자대학교 인간개발학부 아동학과 졸업
　　　　　동대학원 유아교육 전공 석사
　　　　　동대학원 유아교육 전공 박사
　　　　　현 서울여자대학교 인간개발학부 유아교육전공, 청소년학전공 및
　　　　　　교육대학원 유아교육전공 강사

　　　　　▌주요논저
　　　　　「한국 전래동화에 나타난 갈등 및 지평융합의 장」
　　　　　「한국 전래동화에 나타난 효사상의 의미」
　　　　　「아버지 역할수행에 관한 아버지-어머니- 유아기 자녀의 인식에
　　　　　　관한 연구」
　　　　　『예비부모교육』
　　　　　『유아언어교육』
　　　　　『영유아예절 및 전통보육 프로그램』
　　　　　외 다수

◉ 한국 전래동화에 대한 해석학적 이해

• 초판 인쇄	2005년 12월 5일
• 초판 발행	2005년 12월 5일
• 지 은 이	한선아
• 펴 낸 이	채종준
• 펴 낸 곳	한국학술정보㈜
	경기도 파주시 교하읍 문발리 526-2
	파주출판문화정보산업단지
	전화　031) 908-3181(대표) · 팩스　031) 908-3189
	홈페이지　http://www.kstudy.com
	e-mail(e-Book사업부)　ebook@kstudy.com
• 등　　록	제일산-115호(2000. 6. 19)
• 가　　격	10,000원

ISBN　89-534-4214-1 93810 (Paper Book)
　　　　89-534-4215-X 98810 (e-Book)